KB140733

베스트에세이 **10**

수상작가 작품집

월간 좋은수필 제정 2022 제❹회

베스트에세이 10
수상작가 작품집

좋은수필사 · 수필과비평사

| 차례 |

2022 베스트에세이 10選

2022년 제4회
| 베스트에세이 10 최우수상 수상작 |

낙타가시나무 외 2편

김 삼 복
sambok4679@naver.com

매번 낯선 길이다. 여러 겹의 얼굴을 가진 사막 안, 밤새 돌개바람이 별빛을 뿌렸는지 다져놓은 발자국은 노란 모래로 덮여 있다. 꾸역꾸역 마른 바람이 나를 떠민다. 엊그제 살짝 삐끗한 발목이 시큰거린다.

내가 들어가는 곳은 태양이 작열하는 사막 한복판, 사구 위에 버티고 있는 거대한 건물 속이다. 그 속에서 온종일 길을 찾고 먹이를 구하려 서먹한 사람들을 만나야 한다. 목에 사원증을 걸고 컴퓨터를 보며 일하는 그들

또한 먹이를 벌기 위해 주눅 든 사막여우들이지만 나에게는 고객님이시다.

잘 차려입은 여직원 손에 구수하게 내린 커피가 들려 있다. 아침 식사를 커피로 대신하는 그녀에게 식사대용 전단을 주었다. 커피 빨대를 만지작거리며 나에게 눈길 한번 없이 새침하다. 숙취로 눈이 벌건 남자 직원이 문을 열고 들어왔다. 얼른 뛰어가 숙취 해소에 좋은 음료를 소개했다. 속이 쓰려 가슴을 문지르면서도 선뜻 신청하지 않는다. 하나둘, 거절들이 나의 기대를 꺾는다. 거절을 거절하고 여기서 도망치고 싶다. 계단을 오르내렸더니 발목이 더 아팠다. 배달 가방에 눌린 한쪽 어깨가 더 깊이 내려앉았다. 오랫동안 사막 먼지에 뒤섞인 눈물이 언제 말랐는지 기억이 없다.

엄지발가락이 쏙 나왔다. 구멍 난 양말 밖으로 나온 부끄러운 발가락, 얼른 양말을 끌어당겨 발가락을 덮었다. 그때 하필 복도 끝에서 새끼 낙타가 내 쪽으로 걸어왔다. 저나 나나 이렇게 부딪히고 싶지 않다. 서로의 간격이 좁아질수록 긴장감은 팽팽해졌다. 두 달째 아침저

녁으로 등하교를 시켜주는 나를 학교에서는 머리를 외로 틀며 이렇게 모른 척했다.

등에서 열이 올라왔다. 행여 양말 밖으로 나온 나의 발가락이 보일까 봐 엄지발가락에 힘을 주었다. 오늘도 학교 정문에서 한참 떨어진 신호등 사거리에 내려달라고 했다. 교무실에 매일 제품배달을 오는 아주머니의 아들이 저라는 것을 들키고 싶지 않음을 나는 알고 있다.

교무실 안은 조용하다 못해 숨이 막혔다. 모니터에 시선을 고정하고 아무 말도 건네지 않는 선생님들에게 밝게 인사를 했다. 거들떠보지 않는 선생님들의 모니터에 올라온 뉴스를 곁눈질했다. 아들 담임선생님은 미안해하는 모습으로 서비스 제품을 슬며시 받아 옆에 두었다. 받고도 부담되는 얼굴과 주고도 부끄러운 마음이 얽히는 순간, 수업 시작종이 울렸다. 일제히 일어서는 나의 고객님들은 교실로 유유히 사라졌다.

넓은 운동장은 조용했지만 움츠린 마음속은 시끄러웠다. 다 비워 낸 가방인데 다시 돌을 담은 듯 무거웠다. 이 철없는 새끼 낙타를 데리고 사막 어디까지 들어

가야 오아시스를 만날 수 있을까. 갈라진 입술이 탔다. 메마른 입안에서 모래알이 씹혔다. 이마에서 흐르는 땀방울이 눈으로 들어갔을까. 매운 눈을 질끈 감았다. 창밖으로 내 모습을 보고 있을지 모를 새끼 낙타의 눈망울은 지금 어떤 빛일까. 저 아이의 목에 걸어 둔 고삐는 아비 낙타가 자신의 가슴 털을 꼬아 새끼 낙타의 목에 곱게 매어 준 것이다. 크는 동안 고삐를 당기는 대로 잘 따라왔는데 학년이 올라가더니 예민해진 새끼 낙타는 발굽에 힘을 주고 엉덩이를 빼며 자기 뜻대로 버티는 날이 잦아졌다.

땀에 절어 발 냄새를 풍기는 부부 낙타의 길에 자주 채찍 같은 모래바람이 불었다. 가진 것을 다 잃고 결국 사막까지 쫓겨 온 우리에게 다른 길은 없었다. 바람이 쓸어 올린 반월 사구 하나가 보였다. 내일은 저 사구를 넘어야 한다. 저녁마다 서리 같은 시린 기운에 별빛이 떨었다. 그 별빛 하나를 나침반 삼아 캄캄한 사막 길을 걸었다. 누군가 사막에서는 지도를 따라가는 것이 아니라 했다. 그래서 길이 있으나 없으나 가는 곳이 길이라

여겼다. 바람에 따라 모래언덕은 자꾸 모양을 바꾸었고 발바닥에 붙어 있는 육구는 너덜너덜 걸레가 되었다. 지금은 마음이 가리키는 방향이 가야 할 방향이리라.

한때 신이 주신 멋진 뿔이 우리에게도 있었다. 서역 잔치에 놀러 간 꾀 많은 사슴이 그 뿔을 빌려 간 뒤 돌아오지 않았다. 가끔 서역 하늘을 바라보며 오지 않는 사슴을 원망했다. 부부 낙타가 먹이를 찾아 헤매는 동안 아이들은 단칸방에서 낙타 뼈를 가지고 공기놀이를 했다. 저녁을 거른 채 자는 날도 많았다. 아이들을 깨워 밥을 먹였던 사막의 저녁 시간, 어미가 새끼들에게 물린 젖은 짜고 매웠다.

낙타가시나무에 불이 일었다. 붉은 꽃들이 사막 한가운데 피어 있었다. 편히 앉을 만한 그늘은 없었다. 푸른 잎들 사이로 반 뼘이나 되는 굵은 가시가 보는 눈을 아프게 찔렀다. 꽃과 가시가 뒤엉킨 나무다. 아무렴, 저 나무도 이 모래언덕에서 살아남자면 자신을 지키는 가시 몇 개는 필요했으리라. 꽃을 사랑하고 상처를 감싸는 방법이 가시를 품는 것이어야 한다면 가시는 낙타가시나무의 숙명인지도 모른다. 사막의 한가운데서 소중한 꽃을 지켜 주는 일로 가시는 사명을 다하고 있었다.

가까이 가기가 두려웠다. 말을 건다고 받아 줄 것 같지 않았다. 사람을 만나는 나의 일은 뾰족한 가시를 건드리는 일이다. 나를 밀어내는 사람들에게 내 손가락이 무수히 찔리는 일이다. 그러나 사막에서 밀려나지 않고 그 속에서 버텨내야 했다. 여러 겹의 사람을 읽어 내는 일은 만만치 않았다. 어쩌면 나 또한 여기저기 박힌 잔가시를 뽑아내며 나도 모르게 남을 찌를 나만의 가시를 몸에 둘렀으리라.

목이 마른 다른 낙타들이 움직이기 전에 불기둥처럼 피어오르는 나무 곁으로 터벅터벅 걸어갔다. 등 위로 솟은 두 개의 혹은 짐이기도 하지만 생명줄이다. 그 속에 숨겨 놓은 먹이조차 바닥이 났다. 내 갈증이 나를 그곳으로 끌고 갔다. '이 꽃잎을 먹어야 한다.' 뻔히 찔릴 것을 알고 있다. 꽃잎 한 장에 입천장이 찔리고 푸른 잎 한 입에 혀가 찢겨 피가 흘렀다. 뜨겁고 찝찔한 붉은 피로 목을 축였다. 비릿한 피 냄새가 콧구멍을 타고 내쉬어지는 한낮, 시퍼런 가시 끝이 드디어 낙타를 살렸다. 높은 자존심의 무릎을 꺾고 제 몸에 붉은 포도주를 바쳤다. '그래, 이 가시나무를 씹어서 새끼 낙타에게 먹이는 일은 부끄러운 것이 아니다.'

교문 앞에 차를 정차했다. 야간 학습이 끝난 새끼 낙타의 책가방이 허리까지 내려왔다. 차를 탔으나 아무 말이 없다. 모른 척하는 일로 매일 시달렸을 새끼 낙타의 마음 벽 가시를 뽑아 주고 싶었다. 지금까지 복도에서 애써 외면해 주는 것이 내가 아이에게 해줄 수 있는 최선의 일이었다. 그러나 그러지 말았어야 했다. 아이가 제 방에 들어가 엎드려 울었다. 조용히 문을 닫았다. '새끼 낙타야, 지금 너와 나는 가시 박힌 붉은 꽃을 먹고 통증을 앓는 것이야. 눈물로 슬픔을 닦고 혼자 우는 일에 조금씩 익숙해지는 것이야.'

새끼 낙타가 잠들었다. 입안 상처를 훑은 혀 돌기에 아직도 가시가 짚였다. 새끼 낙타의 갈기를 쓸어내렸다. 연한 자존심에 굳은살이 박인 낙타 무릎에 얼굴을 묻었다. 새로운 새벽, 누군가 바람 소리를 말머리에 새겨 둔

마두금을 꺼내 챙챙 활을 긋고 있다. 모래언덕의 능선을 넘어 지평선 끝으로 퍼지는 소리가 태양을 부르리라. 거대한 사구 위로 태양이 솟았다. 오늘도 낙타는 제 몫의 하룻길을 묵묵히 걸어갈 것이다.

무자위

갯골의 전설이 술렁인다. 수천 년 전 숲이 울창하고 바다가 보이는 언덕배기에 곰을 숭배하는 부족이 살았단다. 여기는 곰 자매가 바위 동굴에 들어 쑥을 소금에 찍어 먹은 곳이다. 이곳에서 그녀들은 마늘도 소금에 구워 먹었다. 때를 채우지 못한 족장 막내딸이 단군의 처가 되지 못해 폭포에 몸을 던진 곳이다. 전설이 머문 이 마을 사람들은 곰 처녀의 영혼을 위로하기 위해 동네 이름 앞에 '곰'자를 놓았다. 술렁이는 전설은 고랑을 따라 오늘로 내려오고 처녀 곰의 넋은 파도 너울 쓰고 송화 따라 노란 소금꽃으로 온다. 곰소의 소금밭은 유월에 가장 빛난다.

고요한 난치의 물 위로 흰 구름이 잠겼다. 저수지를 거쳐 제일 먼저 도착한 함수를 모셔 놓은 곳 난치, 몇 날 며칠 무자위가 꼿꼿하게 서서 팽팽 돌았다. 무자위는 소금밭을 돌리는 뜨거운 심장이다. 난치에서 일주일을 머문 바다가 두 번째 밭인 늦태로 내려오면 그제야 바다는 허리춤을 풀고 발을 뻗는다. 태양이 대파 작대기에 기대어 서녘으로 쓰러질 무렵, 산 그림자가 소금밭으로 기어 내려와 바닷물을 가둬둔 무논에서 흙 묻은 발바닥을 씻는다. 늦태 두렁 안에 구름과 산 그림자와 붉새가 잠기면 그 곁의 함수도 설렘과 떨림을 안고 때를 기다린다. 모두는 잠시 유예된 바다의 시간을 무엇으로라도 잇고 싶으리라.

붉새는 소금밭에서 더 붉게 피워지는 노을이다. "어이, 오늘 붉새가 맑으니 내일은 반가운 소금꽃이 오시겠네그려." 노을빛을 보고 내일을 점치는 염부는 흐뭇한 얼굴로 대름을 담가 염도를 재본다. 물꼬를 열어 송판으로 흐르는 함수를 결정지로 모신다. 흥분한 바다가 우루루 쏟아져 들어온다. 젖은 바다가 바람과 태양의 시간을 빌려 메마르고 가벼워지면 눈부시게 내려오실 귀한 손님, 염부는 궁극의 귀착점으로 흰 소금꽃이 맺히길 꼬박 이십 오 일을 기다렸다.

새벽 나절, 벌걱벌걱 염부의 장화 소리가 송판 두렁에 물 도장을 찍는다. 잡다한 바다의 사연은 하늘로 보낼 것은 보내고 수로로 빠질 것은 빠졌다. 맑은 바다가 장판 위로 잘게 부서져 웅성거린다. 수평선이 보낸 절절한 눈물도 보름 전 늦태의 개펄 밑으로 사라졌다. 푸른 허물을 벗은 바다는 오직 여기에서 각화된 편린이 되어 백금 결정체로 환치한다. 무엇이든 허영과 욕심을 벗어야 빛나는 보석이 된다. 짜디짠 슬픔도 자랑이 되는 것은 부끄러운 일, 다소곳한 소금꽃은 백옥 같은 속살을 옹그리며 하늘을 향해 수줍다. 잎도 없고 뿌리도 없고 향기조차 없는 흰 꽃잎들이 염판에 듬쑥듬쑥 돋아났다. 잘게 쪼개져 눈부신 포말의 꽃밭이다.

바다 최후의 산화 처, 소금밭에서 바다는 이제야 단단한 몸을 입어 세상으로 나간다. 염부의 대파질이 시작된다. 외발 수레에 실려 소금창고에 모셔진다. 지금부터는 고요히 숨겨져 몸에 남은 마지막 쓴 물을 빼는 시간이다. 시간도 햇볕도 바람도 묵언에 들어간다. 드디어 소금의 짠맛이 감칠맛 나는 단맛으로 해탈한다. 조금씩 썩은 세상을 향하여 제 몸을 뒤척인다. 맛을 내는 곳에서 제 몸을 녹인다. 악운을 때리는 대문간에서 매서운 회초리가 된다. 세상사는 것이 싱거운 젊은이의 입술에 짜디짠 입을 맞춘다. 소금 길의 대미, 염부의 주름진 얼굴이 꽃처럼 핀다. 이제야 힘차게 돌았던 무자위도 숨을 돌린다.

신안 비금도에는 무자위를 밟고 있는 사내의 동상이 있다. 하얀 무명 끈을 이마에 두른 채 비스듬한 지렛대를 잡고 있다. 힘줄이 울퉁불퉁한 종아리 위로 바짓가랑이를 걷어 올렸다. 섬에 들어와 소금 만드는 비법을 풀어 놓은 덕분에 섬사람들이 배곯지 않고 살았다. 그 후로 비금도는 새가 나는 섬이 아닌 돈이 날아다니는 섬이라고 소문이 났다. 사내의 눈동자는 흰 꽃이 내릴 저 아래 염전의 지평선을 보고 있다. 발밑에서 퍼 올린 바닷물, 징글징글한 가난을 벗어나고 싶은 절인 꿈이 그의 지렛대를 잡고 일어섰으리라. 온종일 바닷물을 자아올리다 걸음이 멈춰있는 작은 영웅의 물수레바퀴는 아직도 숨이 차다.

열 살 때인가, 소 꼴을 베다가 주인이 자리를 비운 무자위를 만났었다. 물레방아와 닮은 것이 논두렁에 서 있었다. 하나의 굴대 주위에 여러 개의 나무판을 나선형으로 붙이고 있었다. 날개 발판을 밟으니 바퀴가 돌아가면서 물을 퍼 올리는 것이 너무 신기했다. 논에 물을 대다 한가롭게 졸고 있는 무자위를 발견하고는 신발을 벗고 발판 위를 딛고 올랐다. 한발 한발 계단을 오르는 것처럼 밟으니 빙글빙글 돌았다. 발을 멈춰버리면 바닥에 고인 물 아래쪽으로 내 몸이 쑥 내려갔다. 밟아도 밟아도 무자위 꼭대기는 오르지 못했다. 내가 밟은 속도만큼 나의 무게만큼만 퍼 올려진 수로의 물이었다. 미끈거리는 나무 발판을 몇 바퀴 밟아보다가 다리가 아파서 내려왔었다.

낮은 곳의 물을 높은 자리로 올리는 일은 끊어지지 않는 힘이 필요하다. 꿈을 올리든 욕망을 올리든 삶의 무자위를 밟는 것은 한 발씩 올라서야 한다. 잠시 한눈을 팔면 미끄러지는 자리다. 쳇바퀴 돌 듯 제자리걸음 같아도 밟고 올라선 만큼 물은 퍼 올려진다. 세상 사는 것도 이와 다르지 않다. 염부는 소금 꽃이 필 때까지 평생 그 자리에서 무자위를 밟고 오른다. 염부의 눈빛은 바다를 향하지 않는다. 오직 소금 꽃이 내린다는 결정지를 뚫어지게 바라볼 뿐이다.

나의 발밑에도 바닷물이 있다. 내가 끌어 올려야 하는 바닷물이 무자위에 올라있는 나를 안타깝게 올려다본다. 올봄, 지천명을 넘어 다시 대학의 문을 두드렸다. 수십 년 묵어 거미줄이 쳐진 낡은 무자위를 닦고 수리해 힘겹게 돌리고 있다. 뻑뻑한 무자위는 자주 고장도 나고 삐걱댄다. 그 핑계로 나무 그늘에 들어가 눈을 붙이고 싶지만 그래도 쉴 수는 없다. 언젠가 나의 소금밭에서 순백의 흰 꽃이 피는 날을 위하여 계단을 오른다. 흰 소금 꽃을 나눠주기 위하여 앙다문 입술에 퍼런 멍이 들도록 한 발 한 발 수차의 바퀴를 돌린다. 생의 무자위를 돌리는 그 자리에서 하얀 결정체를 간절히 기다리는 사람은 모두가 가난한 염부다. 무자위에서 눈을 들어 보는 곳은 소망의 결정지, 저마다 소금 꽃을 기다린다. 씽씽 무자위가 도는 진자리는 언제나 꿈꾸는 자리다.

지구가 해를 잡고 돌면 해는 지구의 꽃과 짐승들과 사람을 품고 우주를 돈다. 달이 제 얼굴을 숨겨 지구의 밤을 잡고 돌면 바다는 제 허리띠를 늘였다 줄이며 어족을 키운다. 별들은 별자리를 따라 돌고 새들은 철을 따라 하늘을 돈다. 해를 따라 계절의 무자위가 돌 듯 사람도 꿈을 따라 제 무자위를 돌리고 사랑을 따라 세월을 돈다. 모든 것이 돌고 도는 세상은 그래서 어지럽다. 달이 뜨고 해가 지고 소금이 오고 소금이 가는 곳, 산 그림자가 붉새와 손잡고 쉬어 가는 곳, 무자위가 씽씽 돌며 자아올린 염부의 꿈이 영그는 염밭. 어쩌면 사는 것이 꿈에 속기도 하고 꿈을 속이기도 한다지만 그렇대도 무슨 대수랴, 무자위는 돌고 돌며 소금 꽃으로 번지고 가난한 사람들 마음속 수레는 생의 어스름까지 달릴 것이다. 밤을 호위한 달빛이 늦태 위로 뜨는 저녁, 입술에 쑥물 든 처녀의 영혼이 앞섶에 송홧가루 묻히며 곰소의 옆구리를 파고든다.

끝이 있는 길

|

떠나온 그곳은 나에게 크리스마스 선물 같은 곳이었다. 새로 지은 아파트는 아름답고 순하고 여린 마음이 자란자란 고였던 보금자리였다. 잘 다려진 리넨 원피스에 꽃핀을 꽂은 딸아이가 자주 요령 소리로 웃음을 터트리던 곳이었다. 간간이 시외로 빠져나가 숲속에다 세 아이를 풀어놓고 헤실헤실 웃던 한가로움이 있던 시절이었다. 주말이면 온 계곡이 독경 소리로 웅웅거렸던 팔공산 자락을 내려와 산사에서 빈손으로 점심 공양을 얻어

먹은 따뜻함이 뭉텅 배어있는 곳이었다. 아슴아슴한 그 시절이 지금도 당장 그림이 된다. 그 둥지가 세상의 힘에 무력하게 무너져 깃털 몇 개만 나뒹굴 때도 순진하게 나는 꿈을 꾸고 있었다.

철새들의 꼬리에 긴 실을 묶어 우리는 쫓기듯 그 도시에서 빠져나왔다. 연어의 회귀본능이 나에게도 있었는지 돌고 돌아온 강가에서 낡은 방 한 칸을 얻었다. 밤마다 부스러진 벽사이로 팔뚝만 한 쥐가 들락거렸다. 메뚜기 같은 바퀴벌레들이 나의 현실을 적나라하게 일깨워 서러움도 사치라고 비아냥거렸다. 그러니 세상이라는 정글에서 나의 목적은 생존이었다. 살아남는 일에 매진했고 살기 위해 몸부림쳤다.

몸으로 부딪치는 물살은 거칠기만 했다. 좌절은 그 꼬리를 감추지 않고 이어졌고 고질적인 불안으로 심장은 평안한 잠을 이루지 못했다. 엄청난 양의 노동은 낮과 밤을 나누지 않았고 낡은 작업복으로 진창길과 눈 섞인 길을 쉼 없이 걸었다. 첫눈이, 함박눈이 공포로 오는 심정을 처음 알게 된 밥벌이는 얼음 위를 맨발로 걷는 것이었다.

 문간 어귀에서 자주 내쫓김을 당했다. 창피함으로 속사람이 까맣게 녹아버리는 것, 되찾아 올 자존심이 없는 날이 쌓이면 아이들과 산에 올랐다. 영문도 모르고 겪어야 했던 숱한 좌절들이 활개 치는 길, 다짐들과 희망들이 스러지는 길, 우리는 지름길을 모른 채 에움길로만 끌려다녔다. 차라리 길을 잃어버렸으면 좋겠다는 마음이 가끔 고개를 들었다.

 나무랄 데 없는 날씨였다. 무성하게 자란 나뭇잎들이 너그러운 그늘을 흔들며 우듬지 끝으로 햇빛이 찬란했다. 창문을 열자 상쾌한 기운이 감돌았다. 청암산이 지붕이 되고 호숫가가 산책길이 되는 구불 길로 나서보았다. 억새들이 무성하게 자라 초입 길을 막았다. 통나무를 잘라 방석처럼 깔아놓은 대나무숲 길의 작은 벤치에 앉았다. 오솔길로 접어든 사람들은 속도를 줄이며 천천히 걷고 있었다. 가족들과 연인들은 단란하게 어울리며 이야기를 나눴다. 호작거리는 호숫가에는 카메라를 들고 있는 남자의 등이 산과 하늘과 호수를 한꺼번에 담느라 잔뜩 웅송그리고 있었다.

가시연꽃잎이 화투패 펼쳐놓듯 조로록 붙어있고 연꽃은 소도록이 올라와 있었다. 이런 원시림 속에서는 세상의 그저 그런 것들이 잘 보이지 않았다. 왕버들 나무 사이로 노란 붓꽃이 엽서를 띄우기도 하고 병꽃나무 꽃과 때죽나무 꽃이 양쪽에서 짤랑짤랑 방울을 흔들기도 했다. 소음도 먼지도 없는 호젓한 풍경에 마음이 평안했다. 말없이 이런 풍경을 고즈넉이 바라보고 있으니 부산스러운 욕망은 잠잠해졌다.

산등성이로 오솔길을 낸 산비탈에 들어섰다. 발끝을 조금만 놓쳐도 낭떠러지로 떨어질 것 같았다. 구름은 넓은 호수에 얼굴을 수없이 들여다보며 옷장 속에 넣어둔 옷들을 수없이 입고 벗었다. 구름과 바람은 막힘없는 하늘에서 하룻길을 여유롭게 걷고 있었다. 수변로와 등산로가 이리저리 갈리고 만나듯이 내가 걸었던 길 위에서도 느긋한 마음과 조급한 마음이 교차했다. 연리지 길처럼 두 마음이 한 몸이 되어 걷기도 했고 샛길로 빠져 허우적거릴 때도 있었다.

갑자기 하늘이 어두워졌다. 순식간에 먹구름이 호수 위로 모였다. 천둥과 번개가 북을 울리며 숲길을 장악하기 시작했다. 빗방울이 흩뿌렸다. 빗줄기는 더 거세지고 고립된 길 위에 우리 둘만 덩그러니 있었다. 갑자기 습격한 이 장대비를 숨어 피할 곳이 안 보였다. 오솔길은 갑자기 쏟아진 빗물이 흐르는 물길이 되어 버렸다. 우리 등산화 속으로는 철벅철벅 흙탕물이 들어왔다. 이런 험한 외길에서 고스란히 맞는 소나기는 모든 것을 포기하게 했다. 그러자 가슴 안에서 한 가지 생각으로 뜻이 뭉쳐졌다. 쏟아지면 맞고 내 길을 가자는 생각이며, 이 길의 끝은 분명 있으니 빗길을 뚫고 가보자는 용기였다.

우악스러운 소나기 길에서 우리 둘이 걸으면서 생겨난 것은 도톰한 우애였다. 연리지 길을 걸어 나온 너와 내가 통으로 내리는 빗길에서 안부를 챙기고 모자를 씌워주고 가방을 대신 메어주는 것은 다음 길을 위한 어떤 의식 같은 것이었다. 거의 반포기 상태로 한참을 더 걸으니 하늘이 얼굴색을 부드럽게 풀고 있었다.

잎에서 떨어지는 빗방울이 속도를 멈췄다. 격정을 넘

긴 여유가 묻어났다. 호수의 물결도 한숨 내려놓고 자작해졌다. 소나기가 그치더니 해가 비치기 시작했다. 누군가 호수 위로 모인 구름과 비를 후, 하고 불어 날린 것 같았다. 모자를 벗고 언제 다시 볼 지 모르는 깨끗한 수면을 내려다보았다. 모처럼 흠씬 내린 비에 목을 축이고 더웠던 열기가 한걸음 물러갔다. 구석구석 쌓였던 먼지들이 씻기듯 삶의 길에서 엇힌 슬픔의 더께들이 씻겨 나갔다.

초입으로 되돌아온 우리는 온몸이 늘어지고 추웠다. 또 삶이 제자리로 돌아가면 좌절과 슬픔이 우리를 욱여쌀 것이다. 막히고 꺾인 길에서 망연히 서 있기도 할 것이다. 그러나 빗길에서든, 눈길에서든, 뙤약볕 갓길에서든 뜨거운 밥벌이를 소처럼 해낼 것이다. 마음 색과 다른 얼굴색으로 사람들을 만나고 뒤안길로 숨어들어 눈물을 훔치기도 하겠지만 되돌아 나와 다시 길을 나설 것이다. 또다시 철새의 꼬리에 실을 묶어 이곳을 떠나야 한대도 두렵지 않을 것이다. 알고 있었지만 잊고 있었던 사실, 소나기는 금방 그친다는 것을 말이다. 그러니 함부로 좌절하지 않을 일이다.

김삼복 | 2016 《수필과비평》 등단
2021 해양문학상 장려상

탈각 외 2편

강 천

gomarikr@naver.com

호랑나비가 우화했다. 생사를 오가는 날개돋이 과정을 거치고서 드디어 세상의 밝은 빛을 보게 되었다. 애벌레 시절의 생김새와는 전혀 다른, 화려한 날개를 가진 새로운 몸을 얻었다. 나비가 껍질을 벗어 던지고 나서 제일 먼저 내지른 고고의 일성은 '찍'하고 과거를 털어 내는 오줌 한 방울이었다. 그리고는 두어 시간 날개를 말린 다음 드넓은 창공으로 날아올랐다.

나비는 완전 변태를 하는 곤충이다. 애벌레에서 번데

기로 용화되었다가 성충으로 탈바꿈한다. 같은 곤충이라도 불완전 탈바꿈을 하는 메뚜기나 사마귀들은 어릴 때부터 성체와 비슷한 모습을 하고 있다. 그에 반해 나비는 상상하기 어려운 외양의 변화 과정을 거친다. 외모만 그런 것이 아니다. 애벌레는 나뭇잎을 갉아 먹지만 나비로 변태한 후에는 꿀이나 수액을 대롱 같은 주둥이로 빨아 먹는다. 그보다 더 이해하기 어려운 것은 번데기 안에서 벌어지는 일이다. 분명히 벌레가 번데기로 굳어졌는데, 그 속에 들어 있는 것은 액체에 가까운 원형질 상태라고 한다. 보름 남짓한 기간에 몸이 완전히 녹아내려 나비로 재조립되는 것이다.

애초에 알이 있었다. 나비가 초피나무 잎사귀 뒤편에 남긴 것이다. 그것은 그저 둥근 모양의 알일 뿐이었지 꿈틀꿈틀 기어 다니는 버러지가 아니었다. 기묘하게도 알 속에서 단백질이 일정한 법칙으로 반응해 머리가 되고 몸통이 되더니 다리가 되었다. 유전자의 지령이 이끌어 낸 요소들의 조합 작용 때문이었다. 이제 알은 알로서의 소임을 다하고 죽었다. 애벌레는 알과 아무 관련이 없는 독립체가 되었다. 그것을 증명이라도 하듯 부화 후 제일 먼저 한 일이 모태의 껍질을 씹어 삼켜 흔적을 없애는 일이었다. 완전범죄를 꿈꾸며.

벌레는 허물을 벗으며 덩치를 키웠다. 새똥처럼 생긴 일령에서부터 뿔 달린 오령까지 탈피 과정을 거칠 때마다 다른 몸을 받았다. 내가 보기에는 단순히 옷을 바꾸어 입는 것이 아니라 새로운 개체로의 재탄생이었다. 그것이 지난 생의 연장이었을까. 아니면 전혀 새로운 삶이었을까. 어찌 되었든 오령 애벌레는 제 할 바를 다했다. 죽음을 앞두고는 스스로 무덤 자리를 만들었다. 벌레는 죽었다. 영원한 안식을 꿈꾸며.

번데기는 먹지도 않았다. 그저 근 보름을 꼼짝하지 않고 매달려 있었을 뿐이었다. 하지만 유전인자라는 녀석이 또 상상을 초월하는 조화를 부려 호랑나비라는 얼토당토않은 생명체를 만들어 놓았다. 번데기는 과연 자기가 하늘을 날아다닐 것이라는 사실을 알고 있었을까. 과거와는 일촌도 닮지 않은 나비는 뒤돌아보는 법 없이 떠났다. 껍질은 할머니가 돌아가신 시골 마을의 빈집처럼 반쯤이나 허물어진 채 버려졌다. 실오라기 같으나마 나의 근원이라는 기억으로 이어져 있었다면 정녕 이러지는 못했을 터인데. 나비는 날아가 버렸다. 일탈을 꿈꾸며.

이런 일련의 변화가 한 생명체에서 일어난 성장 과정이었는지, 별개의 유전자가 서로를 이용해 상생하는 방식이었는지 나는 알 수 없었다. 다만 확실한 것은 내 눈으로 보았음에도 그것이 진실이 아닐 수도 있다는 것이다. 그냥 형태의 연장이 아닌, 전혀 다른 물질로 재탄생했기에 더욱 모호하다. 알과 애벌레가 연관은 있지만 서로 다른 개체이듯 애벌레 또한 나비가 아니었기 때문이다.

만물은 그 이름이 붙여지는 순간 무엇으로도 대체할 수 없는 고유의 속성을 가지게 된다. 가령, 장차 이 몸으로 세포 분열할 아버지의 정자도 그저 생식세포이었을 뿐이지 내가 아니었던 것이 확실하다. 내가 그것에서 비롯되었지만 나를 세포라고 부르는 사람은 없다. 정자는 유전자로부터 부여받은 제 할 일을 다 하고 생을 마감했다. 그 가느다란 인연을 빌미로 나를 생식세포와 동일시한다면 이 세상의 모든 물질은 곧 내가 되어 버리게 된다. 따지고 보면 서로 연관성이 없는 물질이 어디 있겠는가. 그래서 알과 애벌레와 번데기와 나비는 같은 듯하지만, 다른 이름을 가지고 다른 시간을 살아간 각자의 실체이다.

알에서 나비로의 조홧속은 끊임없이 변화해 가는 일련의 과정이다. 다만 그 주기가 짧아 내 눈으로 확인이 가능했을 따름이다. 알과 애벌레는 모양과 형태뿐만 아니라 물리적 성질까지 엄연히 다른 실재다. 두 물체의 인과를 이어주는 고리가 있다면 '생존에 유리한 방향으로 언제든 진화해 버릴 이기적 유전자에 조작 당하다'라는 것이다. 하지만 이 변덕쟁이 유전자조차도 벗어날 수 없는 일관된 법칙이 있으니 바로 '변화의 영속성'이다. 불가에서는 이것을 일러 아마 '연기緣起'라 한다고 했지. 하나의 사멸은 곧 다른 인연의 탄생으로 갈아타는 일이기에 삶과 죽음이 다르지 않다는 것이다.

주기가 조금 길어서 직접 느끼지는 못하지만 내 육신도 물질로 이루어진 이상 이 변화를 피해 갈 수는 없다.

오늘도 그 과정 위에 서 있다. 몇십 년짜리 영화 필름 중에 화면에 비치는 한 컷이 지금이다. 조금 후는 분명히 다른 장면이 보일 테고. 나라고 생각하는 형상의 인두겁은 개념조차도 불확실한 '현재 이 순간'이라는 시간을 스쳐 지나가고 있을 뿐이다. 알은 애벌레가 잎을 갉는 모습을 상상할 수 없고, 벌레가 나비의 날갯짓을 꿈에도 모르듯 나도 이 몸을 탈각한 이후의 세상을 전혀 알지 못한다. 잠시 형상을 꿰맞추고 있는 신체라는 물질이 분해되어 풀이 될지 지렁이가 눈 똥으로 변해 있을지를 누구라서 알겠는가.

오늘, 그래도 나비는 힘차게 날아올랐다.

잎에서나 자고 가자

|

고요하다. 아니, 적요하다 못해 숙연하다. 공연의 시작을 기다리고 있는 사람들 몸가짐은 한 치 흐트러짐도 없다. 옥색 두루마기에 정자관을 쓴 출연자가 뒷줄에 가지런히 자리했다. 쪽 진 머리를 하고 고운 한복으로 맵시 낸 가인들은 다소곳이 앞으로 내앉아 숨을 고르고 있다.

내게는 낯선 모습이다. 정가라는 분야가 있다는 정도만 알았으니, 그 갈래인 시조창 공연을 보는 것도 당연히 처음이다. 상설 야외무대가 세워진 서피랑 언덕 너머로는 통영 바다가 윤슬로 반짝인다. 신록이 피어난 산과 들은 찬연한 활기로 넘쳐 난다. 오월, 이 화창한 열망의 계절에 뜬금없이 만난 고요는 이질적이면서도 묘한 감흥을 일으킨다.

무대는 단출하기 그지없다. 매무새를 간추린 여남은 명의 가객이 주르르 열 지어 올라오더니 미리 놓인 방석에 가만히 앉은 게 전부다. 예행연습도 없고, 오가는 사람의 발길을 붙잡는 그 흔한 유세도 없다. 행사 순서를 알리는 안내장만이 잔디밭 객석에서 눈치 없이 나풀대고 있다. 사람이 그러하듯, 같이하는 악기 역시 단조롭기는 매한가지다. 왼쪽 끝에는 대금 연주자가 서너 자루의 젓대를 나란히 차려 두고 묵상에 들었다. 맞은편 건너로 장구채를 손에 쥔 고수 역시 지긋이 하늘바라기만 하고 앉았다. 이들이 못내 기다리는 것은 시계의 분침이 바로 서는 '시각'이 아니라 마음이 일러주는 '그때'이리라.

지루하다 싶을 정도의 침묵을 깨고 마침내 대금이 먼저 가락을 뗀다. 이에 화답하며 구성진 노랫가락이 하늘로 여울진다. 팔자걸음 하며 산천경개 유람하는 선비의 발걸음처럼 한갓지다. 누에가 가느다란 명주실을 토해 내듯 간들간들 면면 부절이다. 붓으로 난이라도 치는 양, 꺾여졌다가는 다시 살아난다. 고즈넉한 저녁 무렵 어느 산사로 향하는 숲속 오솔길같이 굽이굽이 돌아든다. 풀잎 끝에 맺힌 이슬 방울인가, 아슬아슬 흔들린다. 제비의 활갯짓으로 허공을 박차고 오르더니 어느 결에 나지막이 내려앉아 지면 위를 스쳐 날고 있다. 잔잔한 연못가 물 동그라미가 되어 아른아른 스며 온다. 왕거미가 날줄에 씨줄을 엮어 붙이는 겨를이려나, 잠깐 숨을 고르고는 간단없이 나아간다.

대금 소리는 그러잖아도 애틋한 노랫말과 어우러져 가슴을 휘젓는다. 가늘면서도 날카로운 음은 천길 벼랑 끝으로 치달아 오르는 바람처럼 뼛속들이 사무친다. 나지막하지만 부드럽게 다독여 줄 때는 모진 세상사 설움이 덩달아 아물듯 안온해진다. 창唱이 잦아 들면 저 소리가 이어주고, 대금이 숨어 들면 노랫가락이 뒤따른다. 장고는 또 어떤가. 숨넘어가던 가락이 더 참을 수 없을 즈음에야 '퉁'하고 추임새 한 번 들이고는 그만이다. 기다리다, 기다리다 내뱉는 탄성이라 하기에는 무상하기 그지없다. 눈을 감고 장단을 헤아려 가는 고수의 속눈썹이 바르르 떨린다. 이 한 번의 쓰임을 위해 억겁 같은 시간을 속으로 되삼키는 것이리라.

소리는 곡을 타고 위아래로 치닫는데 노래꾼의 몸가짐은 꼿꼿하기만 하다. 좌우로 흔들어 가며 무릎장단이라도 맞추면 흥이라도 더하련만, 백설을 이고 선 솔처럼 우직하다. 가슴에 맺힌 멍울을 고래고래 내지르면 좀 어떤가. 꺼이꺼이 음을 삼켜 가며 뱃심으로만 흘려 낸다. 높이 솟을 땐 악다구니라도 부려 볼 것이지 눈살 한 번 찌푸리는 법이 없다. 흔들림 없는 가짐새에서 우러나오는 가락이 애련하면서도 유장하다. 응어리를 안으로 삭이려는 인고인가. 현세를 벗어나려는 날갯짓인가. 가인의 청아한 소리가 세속을 어루만지는 성당의 종소리와 어우러져 아련히 젖어 온다.

나비야 청산 가자 범나비 너도 가자/ 가다가 저물거든 꽃에 들어 자고 가자/ 꽃에서 푸대접하거든 잎에서

나/....//

　가락이 종장 세 번째 음보를 풀어내고는 갑자기 뚝, 끊어져 버린다. 마치 졸졸 흐르던 개울물이 땅속으로 스며 버린 듯 간곳없다. 이 어인 처사인가. 마지막 절정을 기대하며 한껏 숨을 아끼고 있는 차에 흩어 버리는 공허함이라니. 길게, 길게 늘어뜨려 온 데 대한 반전일까. 조금이나마 아쉬움을 남겨 두려는 미련인가. 음률의 율격을 맞추기 위한 것이든, 종장의 끝말을 흘리지 않는 관습 때문이었든 간에 노래는 구절을 생략한 채 끝나고 말았다. 팽팽했던 긴장이 불시에 갈 곳을 잃고 허우적댄다.

　잠시간의 허무가 지나간 후, 한 박자 느릿해진 한숨이 후련하게 터져 나온다. 몽실몽실, 난향처럼 허공을 떠돌고 있는 여운을 곱씹어 가면서 제법 오랜 시간을 그 자리에 주저앉았다. 어느 고인의 그윽한 묵란도 속에라도 든 것일까. 봄바람 머금은 난초 잎 하나 휘늘어졌다. 다 채우지 않는 여백의 맛이라 했던가.

자작나무 숲에서

눈 덮인 자작나무 숲에 고요가 내려앉았다. 그 흔하디 흔한 산새들은 다 어디로 갔을까. 그 해찰궂은 겨울바람은 다 어디로 흩어졌을까. 해거름 자작나무 숲은 고즈넉이 숨을 죽이고 있다.

온통 희멀건 세상이다. 우중충한 하늘도, 발을 디디고 선 땅도, 빽빽이 늘어선 나무줄기도 모두 희끄무레하다. 원근이 사라진 유령의 나라인 듯, 농담 옅은 수묵화 속인 듯 아득하다. 소리도, 흔들림도 없는 자작나무 숲에는 어스름한 적막만이 스멀스멀 떠돌아다니고 있다. 태초의 세상처럼 하늘과 땅이 한 덩어리로 엉긴 혼돈 속에 나는 홀로 서 있다. 이 원초적 영역에 새겨질 내 흔적이 혹여 오점으로나 남지 않을까 숨결조차 조심스러워진다.

나무가 부르기라도 하는 것처럼 숲 깊숙이 이끌려 든다. 멀리서는 그저 희부옇기만 하더니 줄기는 제 몸통에 그어진 거뭇거뭇한 생채기들을 하나둘 드러내어 보여준다. 주눅 잡힌 나의 마음을 알기라도 한다는 듯, 힘들게 살아온 속내를 슬며시 풀어놓는다. 손을 들어 거칠 대로 거칠어진 상처를 어루만져 본다. 까끌까끌, 이들의 굴곡 진 삶이 손끝으로 전해져 온다. 발걸음조차 망설여지던 마음이 조금은 누그러진다. 흠결 있는 맨몸을 그대로 보여주는 것이야말로 허물없음의 증표가 아니겠는가.

산다는 것은 어디에서나 별반 다르지 않은가 보다. 세속과는 동떨어진 산중에 무슨 곡절이 있었기에 이리도 험한 흉터를 가지게 되었을까. 필연적이랄 수밖에 없는 생명 유지의 방편이었으리라. 평화롭기 그지없어 보이는 이 숲도 서로 경쟁하며 살아가는 생태계의 일부분이다. 한줄기 햇빛을 붙들기 위해서는 언제나 이웃과 다투어야 한다. 삶을 보장받으려면 오로지 먼저 위로 치솟는 길밖에 없다. 처음에는 생명 줄이나 다름없었던 아래 가지들이 오히려 거추장스러운 존재로 전락해 갔다. 그래서 내쳐 버렸다. 이 상흔들은 살아남기 위해 제 생살을 도려내야 했던 자해의 흔적들이다. 가냘팠던 줄기는 아름으로 굵어졌지만 제 손으로 자식을 버린 어미의 가슴에 비수로 들어앉아 무뎌질 줄을 모른다.

흉터의 모양도 가지가지다. 눈을 부릅뜨고 세상을 원망스럽게 노려보는가 하면, 입술을 꾹 다문 고집스러운 모습도 있다. 옆으로 깊숙이 파인 생채기는 바람 소리조차 듣기 싫은 듯 귀를 닫았다. 또 아래로 이어진 자국은 코웃음이라도 치는 양 삐딱하게 내리 그어졌다. 눈을 감은 채 외면하는가 하면, 비뚤어지게 베어 문 냉소는 차갑기 그지없다. 천태만상, 바라보는 이의 심상에 따라 달라지는 것일까. 사람마다 지워지지 않는 혼자만의 사연이 있는 것처럼, 옹이 역시 제각각 버려진 나름의 이유를 곱씹고 있는 모양이다. 줄기는 또 그 쓰라린 아픔들을 다 보듬어 안고 묵묵히 서 있을 뿐 말이 없다. 육신에 점점이 아로새겨진 부끄러운 흠결조차도 자신의 한 부분일지니.

흉터란 겉으로 드러나는 것만 있는 것이 아니다. 눈에 보이지 않는 내면의 상처가 더 큰 회한으로 남아 있는 경우도 허다하다. 약을 바를 수도, 외과적 치료를 할 수도 없는 마음의 상처는 온전히 떠안은 자의 몫이다. 혼자 몸부림치며, 스스로 삭여 낼 수밖에 없는 고독한 애상이다. 사랑하는 사람과의 이별이 그러하고, 자신에 당당할 수 없을 때가 그러하다. 가까운 사람으로부터 받은 상심이라면 영원히 지워지지 않을 수도 있다. 나 역시 시도 때도 없이 울컥울컥 솟아오르는 마음의 상처가 있다. 믿음으로 함께 일했던 사람이 떠나갔을 때 생긴 잔해물이다. 그 쓰라린 실망은 평온하고자 하는 마음을 언제든지 뒤흔들 수 있는 풍파의 핵으로 여전히 가라앉아 있다.

원망하는 마음을 가지고, 세상에서 가장 미운 사람을 떠올려 보라고 누가 그랬다. 울분과 분노가 해일처럼 덮쳐 와 온몸을 잠식할 것이라고. 또 싫은 사람을 마음에 담고 억지로 입꼬리를 말아 올려 보라고도 했다. 끓어오르던 증오와 슬픔이 심연처럼 잔잔해질 것이라고. 마음의 치유란 심리학자나 정신과 의사의 처방전보다도, 억지일지언정 '스스로 짓는 웃음'이 가장 효과적이라고 덧붙여 주었다.

여기 늘어선 이 나무인들 어찌 겉으로 드러난 흉터뿐이랴. 외상이 뚜렷한 만큼 내상 또한 깊고 클 것이야 짐작하고도 남을 일 아닌가. 그러기에 한겨울 나목이 되어서도 한 꺼풀 한 꺼풀씩 자학의 허물을 벗겨 내고 있는 것이다. 눈이 멎고 새잎이 돋는 날, 질곡을 건너온 옹이는 오히려 곧음을 지탱하는 얼거리가 되리라. 후회 없는 삶이 어디 있겠는가. 나무는 상흔 하나하나에 스민 아픔을 묵상으로 되새김질하며 자신을 바로 세운다.

가슴 아린 흔적일지라도, 이 옹이가 있기에 자작나무가 자작나무인 것을.

강 천 | 수필과비평 등단(2010년)
수필집 | 《고마리처럼》 《창, 나의 만다라》
2020년 아르코문예진흥기금 수혜

그릇을 읽다 외 2편

강 표 성

kps750@hanmail.net

　먼지를 뒤집어쓰고 찬장에 갇혀 있는 줄 몰랐다. 오종종한 몸집에 시간의 지문들이 누르스름하다. 빈 몸으로 허공을 받치고서 처음 품었던 복福자는 오롯하다. 어둠 속에서도 장수의 복을 이어 온 막사발을 보니 그 안에 고인 시간들이 우르르 몰려온다.

　한때, 골동품에 마음이 기운 적 있다. 눈요기라도 할 겸 옛 물건을 기웃거리기 시작한 건 고향집의 그림들이 털린 후에 생긴 버릇이다. 우리가 대처로 이사한 후에 누군가 사랑채의 그림들을 귀신같이 도려 가고 말았다. 이에 눈 밝은 큰집 오빠가 쓸 만한 물건들은 서울로 옮겼다는 소식이 뒤따랐고, 한참 뒤에야 시골집에 내려간 나는 살강 한쪽에 엎어져 있는 그릇 하나를 품고 왔을 뿐이다.

오랫동안 잊고 지냈는데 무싯날에 대중없이 쓰던 막사발 그대로다. 이름 있는 도자기도 아니요, 대를 뛰어넘을 만큼 햇수가 묵은 것도 아닌, 어린 시절의 밥상머리를 지키던 대로 투박하고 담담하다. 한 때 고봉밥 옆의 넉넉한 국사발이거나, 살얼음 가득한 동치미 그릇이거나, 농부의 갈증을 풀어 주던 막걸리 잔이었을 터이다.

먼지를 걷으니 사발에 고인 실금들이 다가선다. 있는 듯 없는 듯 자잘한 금들이 감싸고 있다. 긴 시간 뜨거운 울음을 삼킬 때마다 제 열기를 어쩌지 못해 빗금으로 스며 들었나보다. 거기 무심한 세월의 때가 끼어들어 문양이 되었다. 두툼하고 단단한 표면에 무늬가 만들어지기까지 얼마나 아리고 힘들었을까.

어머니 마음에 빗금이 가기 시작한 것은 결혼 이후였

을 것이다. 부잣집 막내딸답게 그림자 하나 없이 밝고 유쾌한 성격이었으나 날이 갈수록 할머니 앞에서는 앞이 숙었다.

할머니는 어디서나 당당했다. 맑은 온기는 따뜻하게 서늘한 냉기는 차갑게 분별할 줄 아는 성품이 그릇으로 치면 유기그릇 같았다. 수천 번의 망치질과 풀무질을 거친 후에 두드리고 펴고 다시 공글린 방짜 그릇처럼 은근하면서도 기품이 있었다. 그러나 한 가지 흠이 있었으니, 자칫하면 녹이 슬어 푸르죽죽해지고 작은 습기에도 낯빛을 바꾸는 거였다.

할머니는 밖에서는 늠늠하다가도 안으로 들어서면 마음이 눅눅해졌다. 올망졸망 모여 있는 손녀딸들을 보면 자신의 지난 세월이 역류했는지도 모른다. 사내아이들은 훈장 들여 공부시킬 때 어깨너머로 언문이나 익히고, 들판 너머 호말 탄 왜놈 순사 떴다 하면 얼굴에 검댕이 바르고 울타리 아래로 숨어 들어야 했다. 위안부 공출 피하려 일찍 출가했다고 달라진 것은 없었다. 말 그대로 여자 팔자 뒤웅박 팔자였다. 젊은 나이에 초년 과부가 되어 유복자나 다름없는 아들을 혼자 키워냈다. 몸과 마음이 구멍 뚫린 고목처럼 녹아내릴 때마다, 여자로 태어난 게 죄라고 생각했다.

그런데 손녀딸이 줄줄이 다섯이나 되었다. 저 애물단지들을 어떡한다? 커 나가는 애들을 늘품 있는 시선으로 바라보면 좋으련만 할머니는 늠늠하기가 힘들었다. 짠한 마음이 들다가도 '아무 씰 데 없는 지지바덜'과 '발 사이 때만도 못한 지지바덜'이 때때로 튀어 나왔다.

어머니의 가슴은 수시로 금이 갔다. 백면서생이나 다름없는 아버지는 세상일에 초연했고, 당신 혼자 동동거리면서도 등을 기댈 데가 없었다. 뜨거운 말을 삼킬 때마다 속으로 빗금이 늘어났다. 여자로 태어난 게 죄다, 이 말을 딸들에게는 물려주고 싶지 않아 힘껏 달렸지만 삶은 널뛰기나 다름없었다.

막사발을 다시 본다. 사발 둘레에 가로로 길게 줄이 가 있다. 다른 금들은 가로 세로 사이좋게 이어지는데 그 선은 움푹하다. 상처가 깊었나 보다. 진한 갈색에 결도 다르다. 조금만 힘을 주면 깨지고도 남았을 터인데 용케 버티고 있다.

그 거친 무늬에 셋째 얼굴이 어른거린다. 뒤란에서 하얗게 웃던 망초 꽃과 닮은 아우다. 어려서부터 젖배를 곯더니 크는 내내 구석 차지였다. 여기서 치이고 저기서 치이다가 몸도 마음도 쉬 금이 갔다. 깨진 사금파리처럼 각을 세운 아우는 세상의 바깥을 돌고 돌았다. 물이 새는 그릇처럼, 그야말로 '씨잘디기 없는' 사람이 될까 봐 어머니는 속앓이를 했다. 혼자만의 성에 유폐된 딸을 자신의 죄인 양 평생 끌어안고 산 어머니. 휘어진 몸에 등짐을 지고, 생의 내리막길을 끝까지 걸어가야 했다.

어머니는 흙으로 돌아가셨다.

그릇은 이제 자유롭다. 보이지 않는 말들이 수북하고, 깊어질 대로 깊은 마음이 무념무상으로 담겨 있다. 온몸으로 자기 앞의 생을 끌어안느라 누렇게 바랬지만 듬직하다. 빗금을 잇대어 안을 지켜 낸 것이다. 거친 틈새조차 정겹다. 자신의 뜨거움과 차가움을 그만의 무늬로 삭혀 낸 게 보통이 아니다. 낡고 금 간 모습이 어느 골동품보다 당당하다.

참 먼 길을 걸어온 어머니가 거기 있다.

와디에 서다

그 소녀들을 만난 건 다데스 협곡에서였다. 붉은 바위 산과 회색 절벽들이 하늘과 맞닿아 있는, 사람 흔적 하나 없는 사막의 한 귀퉁이였다. 얼마나 닳고 닳았는지 바위들이 몽글몽글해 보이는 일명 '원숭이 손' 계곡에 넋을 놓고 있는데 어디선가 환호성이 들렸다. 바위 사이를 야생 염소처럼 폴짝거리며 뛰어내려 오는 소녀들이었다. 그러나 우리를 보자마자 눈꼬리가 샐쭉했다.

모로코의 베르베르인들 중에는 아직도 카메라 앞에

서는 걸 꺼려하는 이들이 있다. 사진을 찍으면 영혼을 빼앗긴다는 속설을 믿기 때문이다. 이런 어른들과는 달리 아이들은 초롱초롱한 눈망울로 카메라 앞에 선다. 북아프리카 대륙의 오지에 살다 보니 낯선 이들을 보는 기회도 많지 않거니와, 사진 찍은 후에 이방인들이 쥐어 주는 과자나 동전의 맛을 알기 때문이다.

무르춤하니 서 있는 소녀들을 보니 미안했다. 발 빠른 남자애들이 사진 모델 일을 선수치고 말았으니 여행자들의 주머니가 비어 있음을 눈치 챈 것이다. 소녀들의 검은 눈이 더욱 깊어 보였다. 아무렇게나 둘러쓴 히잡이 발목까지 치렁치렁한 아이는 예닐곱 살쯤 되어 보이고, 곱슬머리에 턱 선이 뾰족한 애는 언니인 듯싶었다.

여행 가이드 말에 따르면 엄마 혼자서 키우는 자매란다. 이슬람 문화권에서, 그것도 풀 한 포기 자라기 힘든 사하라 사막에서 여성 혼자 아이들을 키우는 게 얼마나 힘들지. 엄마는 반나절이나 걸어서 일하러 가고, 아이들은 여행자들이 주는 디르함 동전이나 과자를 쫓아 내려왔는데 허탕이었으니. 인샬라~~

자매들 뒤의 풍경이 새삼 다가왔다. 해발 천 오백 미터쯤의 붉은 단층 지대가 끝없이 펼쳐 있다. 마치 천지 창조 이전의 세계 같다. 누구의 발길도 쉬 허락하지 않는 광야는 여행자 보기에는 경이롭지만 직접 살아가기에는 참으로 막막해 보인다.

　무거운 마음으로 눈길을 돌리는데 시선을 잡아끄는 것이 있다. 초록색이다. 벼랑 아래의 나무들로 인해 눈이 화안해진다. 마치 보석 같다. 저리 삭막한 바위산 아래 나무가 있다는 건 그 아래 뿌리를 내릴 만한 땅이 숨어 있다는 증거이다. 그렇다면 말로만 듣던 그 와디란 말인가.

　와디wadi는 사막의 마른 계곡을 말한다. 차를 달리다 보면 모래 들판 위로 강이나 시내의 흔적인 마른 골짜기가 보인다. 강수량보다 증발량이 훨씬 많아 탈이지만 사막에도 비가 내린다는 증거다. 갑자기 내린 비에 물살이 휘몰아치고 모래나 자갈들이 떠밀리기도 한다. 그 밑바닥에 퇴적물이 쌓이게 되면 척박하나마 풀이나 나무가 자라나는 바탕이 만들어지는 것이다. 그리하여 푸른 식물이 자라나고, 그 주위로 사람들이 모여들게 된다. 예전에는 아라비아 대상들이 오가는 길목이기도 했다니 예나 지금이나 삶의 중요한 터전임에는 틀림없다.

꾀죄죄한 아이들을 본 뒤라서 그런가, 벼랑 아래의 나무들이 예사로 보이지 않는다. 애잔하면서도 한편으로는 오달지다. 제 안의 생명을 키우기 위해 갈증의 시간을 견뎌 온 와디가 낯선 이슬람 여인 같다. 얼굴 한번 본 적 없는 여인을 생각하며 모성을 떠올리는 건 나 또한 엄마이기 때문만은 아니다.

얼마나 긴 갈증을 견뎌야 했을까. 저 생명은 뜨거운 햇살과 막막한 추위를 온몸으로 견뎌내며 자신의 중심을 곧추세웠겠다. 뿌리에 온 힘을 쏟았으리라. 돌과 자갈 틈새를 비집어 가는 촉수, 하늘이 준 햇살과 땅이 준 물로 목숨을 일궈 냈다. 그 작은 나무들의 안간힘과 이를 지키기 위한 바탕의 간절함을 생각하니 가슴이 뭉클해진다.

누군들 오아시스를 마다할까. 넓은 야자수 그늘과, 푸른 물그림자, 먼 길을 달려 온 아라비아 상인들, 달콤한

과일과 춤추는 댄서들, 그리고 밤하늘의 별들. 상상만으로도 충분히 멋있다. 이런 이미지 때문에 여행길에 올랐는지도 모른다. 그러나 책이나 영화에서 본 낭만은 그려진 모습일 뿐, 모래 바람에 잔뜩 그슬린 나무를 보는 일도 쉽지 않으니. 사막에서는 어쩌다 마주친 풀 한 포기도 각별하다.

묵묵히 제 자리를 지켜 내는 것들이 귀해 보인다. 살아 있는 한 흔들릴 수밖에 없는 게 생명이다. 그럴수록 무게중심을 낮게 잡아야 한다. 뿌리를 깊게 내려 바탕을 잘 유지해야 기다리고 기다리던 비가 왔을 때 버티게 된다. 흘러가게 하되 제 자리를 지켜 낸다. 자신을 적시고 주위를 적시며 이웃을 살리는 물길이 될 수 있다. 그리하여 생명의 통로가 되는 것이다.

사막에 와서 도시의 나를 돌이켜본다. 시간과 공간의 밀도를 의식해야 했고, 세상의 척도 안에 스스로를 욱여넣었다. 늘 조바심이 났다. 제자리를 맴돌고 있다는 생각에 갈증이 났다. 그러나 거칠 것 없는 모래벌판에서 삶의 본질을 생각한다. 사막이 허허로움으로 오히려 충만해지듯 조금 더 적막해지는 것도 괜찮겠다. 꼭 무엇이 되지 않아도 좋다. 제자리에 든든히 뿌리내리고 있는가를 살필 일이다. 또한 어디로 어떻게 흘러가고 있는가를 돌아볼 수 있어야 한다.

지금 부족한 부분은 여백이라 생각하자. 조급해하지 말고 현재의 나를 다독여야지. 그러다 생애 어디쯤에선가 최고의 오아시스와 만날 수도 있을 터.

와디, 그것은 사막의 숨어 있는 젖줄이자 살아 움직이는 밑그림이다. 자신만 고집하지 않고 주변으로 스며드는 물길 덕에 저리 건조한 사막도 의연히 살아 있는 것이다. 사막이 살아 있는 것은 와디가 있어서고 세상이 아름다운 것은 흘러가며 적시는 물길들이 있기 때문이다. 저마다의 갈증을 견디며 생명을 키워 가는 것들은 어디서나 아름다운 바탕이 된다.

춤, 춤

와인 잔에 물방울이 맺혔다. 샹그릴라 칵테일의 과일 향이 날리는 줄도 모르고 무대에 넋을 놓고 있었나보다. 내 영혼 어디쯤에도 이런 땀방울이 맺혀 있을지 모를 일이다.

나는 그녀를 읽기 바쁘다. 풍만한 가슴 선이 엿보이는 드레스와 몸의 곡선이 그대로 드러나는 실루엣, 높고 굵은 하이힐, 층층의 치맛단에 싸여 여자는 춤을 춘다. 캐스터네츠를 쳐들고 발을 구르자 바닥이 경쾌한 비명을 지른다. 플라멩코의 빠른 리듬이 그녀의 몸을 관통해 객석으로 날아든다. 두드리고, 치고, 차오르는 몸짓이 파도를 탄다. 수직의 흐름이 가슴에서 둔부로 이어지고, 다시 발을 굴러 허공을 끌어내리는 순간 무희의 몸이 S자로 휜다. 삶의 고빗사위를 넘어가는 인생이 저러할까. 그녀의 처연한 표정에서 눈을 뗄 수 없다.

춤은 언어로 표현할 수 없는 추상의 극치라고 했던가. 무희는 말없는 춤사위로 자신의 세계를 드러내고, 관객들은 직관으로 순간의 에너지를 빨아들인다. 보여주는 이나 보는 이나 감각으로 통한다. 무대 안팎에서 온몸으로 주고받는 뜨거운 공명이다.

이번에는 남자 차례다. 검은 셔츠에 검은 벨벳 바지의 실루엣이 대담하다. 둔부에서 허벅지로 이어지는 능선이 얼마나 탄탄한지 보는 이들도 긴장이 된다. 삼십대는 넘었을까, 그가 마룻바닥을 연주하기 시작한다. 타닥탁, 탁 따다닥, 구두의 앞코와 뒤꿈치가 박자를 주고받는다. 서서히 번지는 리듬의 파도다. 마른 땅을 적시는 빗소리 같은가 하면, 평원을 달리는 말발굽 소리 같기도 하고, 간혹 지축을 울리는 우레의 흔적 같기도 하다. 숨 돌릴 틈이 없다. 남자의 현란한 발재간에 기타 소리와 노랫소리도 이미 묻혀 버렸다.

인간은 더 높이 솟아오르고 싶은 욕망으로 춤을 춘다. 도약의 순간만큼은 무한한 자유를 느끼기에 비상을 꿈꾸는 것이다. 전통적인 서양 춤은 하늘을 향한 움직임이라 할 수 있다. 그러나 하늘을 향한 춤이 아닌, 땅과 하나 되기 위해 몸을 던지는 그들이다. 세상을 떠도는 집시의 후예라서 그럴까. 한 번도 뿌리내리지 못한 그곳, 땅을 향한 처절한 몸부림이 이어진다.

깊은 진동에 내 심장은 북이 되었다. 무아의 경지이다. 몸속에 갇혀 있던 영혼이 몸 밖으로 솟구치나 보다. 의식과 무의식을 넘나드는 엑스터시의 순간, 그는 누구인가.

남자는 참으로 무표정하다. 관객들을 열정의 도가니로 몰아넣지만 당사자는 차분하다. 비바람 몰아치는 폭풍우에 시달리면서도 배의 키를 움켜쥔 선장 같다. 냉정한 표정이 오만해 보일 정도다. 주위를 끌어올리되 자신은 함몰되지 않는 힘, 고도의 집중력이다. 몰아의 경지에 머물기 위한 외로운 투쟁인지도 모른다. 격렬하게 땅을 두드리면서도 눈빛 한번 흔들리지 않는 사내, 그러나 땀에 젖은 머리카락이 그의 현실을 말해 준다. 무대 위에서 고개를 돌릴 때마다 남자의 땀방울이 객석으로 튈 것만 같아 나도 몰래 움찔한다.

집에 돌아와서도 춤의 여운은 오래 갔다. 스페인 현지에서 공연을 보기 전에는 플라멩코에 대해 아는 게 별로 없었다. 한때 에스파냐를 지배했던 무어인과 유태인 그리고 집시들이 즐기던 스페인 남부의 민속춤 정도로 생각했다. 그러나 작은 공연장에서 본, 그들의 몸놀림과 눈빛은 큰 울림으로 남아 있다.

유명한 희곡작가인 버나드 쇼는 '춤은 음악으로 합법화된 수평적 욕망의 수직적 표현' 이라고 했다. 그런가 하면 소설 《설국》의 작가인 가와바타 야스나리는 '춤은 보이는 음악이고, 움직이는 미술이며, 육체로 쓰는 시' 라고 했다.

문학이나 춤이나 원류는 한 뿌리다. 춤이 몸의 언어

라면 글은 정신의 언어다. 한 편의 춤이 어떤 서사시보다 더한 감동을 주었다면 그날 그들이 쓴 몸 시는 충분히 성공한 것이다. 열정과 격정으로 이어지던 춤, 그러나 자신은 철저하게 냉정을 유지하던 춤꾼이다. 고통스러울 만큼 박자에 집중하고 있었다. 음악에 취하되 절대 함몰되지 않는 춤사위, 그것이야말로 최고의 언어이자 고도의 상징이었다.

무대 위의 무용수처럼, 글 쓰는 이는 백지 위에서 글 춤을 춘다. 각자만의 정서와 리듬으로 이야기를 풀어낸다. 단순한 언어의 조합으로 대상을 그려야 하고 그것이 주는 울림으로 독자에게 다가서야 한다. 글 춤, 참으로 매력적이지만 쉽지 않다. 혼자 추는 춤이니 외로울 수밖에 없고 그럴수록 혼신의 힘을 기울여야 한다. 무용가들에게 혹독한 리허설이 중요한 것처럼 이 판에도 지독한 내공이 필요하다. 먼저, 겸손히 자신을 바칠 수 있어야 한다.

참으로 아쉽게도 나는 박자에 무딘 박치고 음감이 떨어지는 음치다. 춤을 추는데도 몸치 수준이라 어디서고

뒷전에 물러서는 편이다. 그러나 늦게 뛰어든 이 무대, 글 판에서는 '치痴'자를 떼어버리고 싶다. 욕심인 걸 알지만 솔직한 바람이다. 글쓰기가 영혼의 춤이라 믿기에 더욱 그러하다. 무엇이든 지극하면 구원에 이른다는 말에 다시 용기를 낸다.

제대로 된 나만의 글 춤을 추고 싶다. 그럴 때마다, 뜨거운 순간에 가장 고독해 보이던 무용수를 생각한다. 열정과 냉정을 오르내리며 하나의 악기처럼 공명하던 춤꾼이었다. 그를 닮기 위해 나도 스스로를 두드려야 하리라. 쓰러지고 싶을 때마다 진땀을 흘리며, 이 춤판을 버텨내야 하리라.

강표성 | 《수필문학》으로 등단
수필집 | 《마음싸개》
원종린수필문학상 수상

충蟲의 조종 외 2편

구 다 겸
9da@kakao.com

'미용실에 오면서 책을 깜빡하다니.'

긴 시간 어쩔까 걱정하는데, 담당 미용사가 넌지시 책을 대여섯 권 건넸다. 센스에 감탄하며 책을 고르는데 《생명 진화의 숨은 고리 기생寄生》이라는 제목이 눈에 들었다. 생명 진화의 숨은 고리라니, 이런 건 어느 교과서에서도 배운 적이 없잖아! 생명은 환경에 맞게 진화한 거라고 배웠는데 기생이 그 고리라니! 듬성듬성 자리 잡은 궁금증을 꿰어 줄 것 같았다. 그러고 보니 기생충은 나쁘다 말고 내가 아는 것이 무엇일까. 없었다. 훑으며 빠르게 읽는데, 초반부터 나의 상식을 깼다.

"기생충의 존재가 언제나 다른 생물체들에게 해를 끼쳐 온 것만은 아니다. 이는 마치 헤어진 연인의 감정에도 좋고 싫음이 뒤섞여 있고 사랑함과 사랑하지 않음의 복잡한 양가감정이 줄타기하는 것과 같다."

'기생충은 나쁘지 않을 수도 있다. 기생충≒헤어진 연인.'

"스트라이가는 숙주 식물에 기생해 싹을 틔우고 꽃을 피운 뒤, 숙주 식물을 말라죽게 한다. 겨우살이는 다른 나무 안에 뿌리를 박고 영양분을 빨아 먹으며 산다. 한방에서는 약용 식물로 쓰인다."

'기생충은 꼭 벌레만은 아니다. 기생 식물도 있고, 약도 된다.'

"기생충에 조종당하는 숙주는 감염되지 않은 녀석들과는 다른 행동을 한다."

'기생충의 숙주 조종!'

마침 그날은 비가 내려 어두침침했다. 이 작고 섬뜩한

괴기, 공포, 스릴을 한입에 꿀꺽하고 싶었다. 파마 끝나면 못 읽는데…. 시간이 지날수록 조바심이 났다. 재빨리 온라인 서점을 검색했다. '절판'이었다. 안되겠다. 그냥 빨리 읽어보자.

"연가시는 유충 상태일 때는 곤충의 몸 안에 있지만, 성충으로 자라면 빨리 물속으로 들어가 자유롭게 헤엄을 치고 짝짓기도 하고자 한다. 그 과정에서 연가시는 숙주 곤충이 물가로 가도록 유인하며, 심지어 물에 빠뜨리기도 한다. (중략) 또한 연가시에 감염된 곤충들은 감염이 안 된 곤충에 비해 더 빨리, 더 멀리 걸었다."

교묘하고 기묘하고 무시무시한 녀석이다. 다음 장은 메디나충. 이 기생충은 사람을 조종한단다. 인간은 스스로를 만물의 영장이라 자부한다. 그런데 한낱 기생충이 어떻게? 하고 궁금하던 바로 그때, 담당 미용사가 말했다.

"머리 감겨 드릴게요. 이쪽으로 오세요."

'아아 끝났구나, 끝났어.'

감은 머리를 말리는 동안, 몇 가지 선택지를 생각했다.

다음에 와서 이어서 읽을까

빌려 달라고 하면 창피 하려나

마저 읽고 갈까.

그때 담당 미용사가 "다 되셨어요. 수고하셨어요." 했다. 그 말이 나에게는 "그만 읽고 가세요."로 들렸다. 메디나충이 인간을 어떻게 조종하는지 알아야 되는데 속이 탔다. 멈칫거리다 입을 뗐다.

"죄송하지만 한 챕터만 더 읽고 갈게요. 너무 재밌어서요."

그 말은 곧 거짓이 됐다. 한 챕터를 다 읽었는데, 갈수가 없었다. 안 갈 수도 없었다. 뻔뻔해지기로 했다.

"정말 죄송한데요, 이 책 좀 빌려 갈 수 있을까요? 생각보다 너무 재밌어서요."

"그럼요. 다음에 갖다 주세요."

"네, 감사합니다. 깨끗이 보고 돌려 드릴게요."

그 말도 곧 거짓이 됐다. 집에 도착하자마자 책에 커피를 쏟아 버리고 말았다. 또다시 몇 가지 선택지를 궁리했다.

그냥 줄까

중고 책을 구해서 바꿔 줄까

중고 책이 없으면 집에 있는 재밌는 책을 한 권 얹어 줄까.

순간, 섬뜩한 생각이 들었다. 내 안의 어떤 蟲이 선택을 조정하는 게 아닐까. 메디나충은 제가 알을 낳기 위해 사람을 물가로 가게 하고, 연가시도 짝짓기를 위해 사마귀를 물로 뛰어들어 죽게 한다. 내 안에도 욕심과 이기심을 채워야 살 수 있는 蟲이 있다면 첫 번째 선택, '그냥 준다'를 선택하게 만들지 않을까?

그런데 기생충은 기생충—남에게 들러붙어 빨대 꽂고 사는 벌레로 불리는 게 맞을까? 그들은 숙주 하나만 괴롭힌다. 자기가 살 수 있는 만큼만 해를 끼친다. 더는 욕심내지 않는다. 사는 방식의 하나일 뿐이다. 하지만 우리는, 인간은, 지구에 빨대를 꽂고 산다. 얼마나 많은 생물과 광물을 먹어 치우는가. 먹다 남은 쓰레기가 그 빨대에 섞여 들어가는데도 멈추지 못한다. 그렇다면 만물의 영장이 아니라 만물의 기생충이 아닌가. 욕심충蟲 감염자들.

재벌을 움직이는 돈과 정치인을 움직이는 권력도 실은 충이 아닐까. 돈에 감염된 사람은 더 큰 돈을 쫓고, 권력에 감염된 사람은 더 큰 권력을 쫓는 기이한 행태. 충은 그들을 조종해 국민을 권력 담는 밥그릇과 재물 담는 찬그릇으로 만든다. 나라 땅을 내 땅처럼 주물럭대는 일이 버젓이 일어나는 것도 권력충, 재물충의 농간일 것이다. 충蟲은 충蟲을 부르고, 숙주는 기형이 되어 간다.

나는 선택을 해야 했다. 온라인 중고 서점에도 그 책은 없었다. 이런 희귀한 책에 커피를 둘러엎다니 머리를 쥐어박고 싶었다. 어쩌지? 어쩌면 좋지? 벌레가 내 선택을 좌지우지하게 놔두고 싶지 않았다. 집에 있는 재밌는 책을 함께 주는 게 제일 좋을 듯했다. 암만 생각해도 그게 최선이었다.

다음번 미용실 가는 날. 커피 쏟은 책과 내가 아끼는 책 한 권을 내밀며 미안하다고 했다. 그랬더니 미용사님 하는 말,

"아, 그 책 아무도 안 봐요. 그냥 가지세요." 했다.

'오 하느님 아버지 감사합니다. 이런 희귀한 책을 제가 덥석 받아도 되는 건가요!' 종교도 없으면서 하느님 아버지를 마구 부르고 있었다.

'커피 쏟길 잘했…'

앗! 혹시 충蟲의 조종? 순간 나도 감염자라는 생각에 섬뜩했다.

메디나충에 감염된 사람은 다리를 물에 담그고 충이 살을 뚫고 나올 때까지 기다려야 한다. 충이 머리를 내밀 때 살살 달래 가며 기나긴 몸체를 뽑아내야 하는데, 중간에 끊기기라도 하면 몸 안에 남은 충이 썩으며 사람의 목숨까지 앗아간다. 풀뱀이 몸속을 휘젓는 느낌 아닐까. 우리 안의 보이지 않는 충들도 그럴 것이다. 감염된 몸을 치유하기 위해 불타는 고통을 겪어야 하는….

그나저나 아무도 안 보는 책 한 권 때문에 내 안에 벌레가 끓는 듯하여 악몽까지 꾸었다니 조금은 허무했다. 그러나 앞으로도 나는 선택의 순간마다 충蟲을 떠올릴 것 같다.

착각

|

나는 못 말리는 매력 덩어리입니다. 나의 어디가 그리 좋은지 사람들은 나에게 안달을 합니다. 온몸에 뒤집어쓴 하루하루를 씻어 주는 건 나라고, 낡은 기계처럼 삐걱대는 시간에 기름칠을 해주는 것도 바로 나라나 뭐라나. 나에게 바람맞을까 걱정하는 사람, 더 많은 사랑을 받기 위해 몸부림치는 사람, 나만 바라보며 죽어라 달리는 사람, 나에게 목매는 사람 사람 사람들. 그들은 나를 떠올리며 갖고 싶은 것, 먹고 싶은 것, 구경하고 싶은 것들을

상상하죠. 난 그들에게 행복을 주는 존재인가 봅니다.

최근에 알게 된 무원 씨 얘기 들어볼래요? 그는 정답 맞히기를 잘해요. 난 이 분야에 재능 있는 사람이 좋아요. 내가 정답인 줄 알거든요. 그도 내가 걸어 준 목줄을 화환처럼 좋아하더라고요. 목줄이라는 어감이 좀 그렇긴 한데, 달리 말하자면 그건 평생을 함께 하자는 약속의 반지라 해도 좋을 거예요. 어쨌든 그에게 노예 반지를 끼워 준 대신 아껴 두었던 상점 할인권, 숙박권, 여행권 같은 것도 챙겨 줬죠. 좋아라 하며 따라오더군요.

그런 나에게 슬픈 일이 일어났습니다. 이별을 알리는 편지가 왔더군요. 단 한 사람이라도 나를 싫어한다는 건 매우 서글픈 일이었습니다. 나는 심한 배신감을 느꼈습니다. 나에게 보내던 미소, 나를 기다리던 마음, 나와 함께할 미래… 이 모든 것들은 거짓이었을까요? 그래 가라, 너 말고도 세상천지 깔린 게 사람이다, 큰소리 땅땅쳐 보지만 가슴 한편에 창문이 열린 듯 바람이 듭니다. 뜨겁던 순정은 누구에게 주려고! 나 말고 대체 누구에게 주려고! 따져 묻고 싶었습니다. 나를 떠나서 얼마나 행복한지 두고 보겠어, 씩씩대는 마음이 진정되지 않았습니다.

그럴수록 나는 주변 사람을 더욱 살뜰히 챙겼습니다. 만날 날짜를 어기지 않도록 꼼꼼히 적어 두었고, 어기는 일이 없도록 온 정성을 쏟았습니다. 나와의 만남을 목 빼고 기다리는 사람들을 위해서 최선을 다했습니다. 그러는 동안 말랑하던 슬픔도 꾸덕꾸덕 굳어 갔습니다. 가끔, 아주 가끔은 그가 어떻게 사는지 궁금합니다. 나 없이도 꿈꾸던 모든 것들을 이루며 잘 사는지.

그 뒤로도 종종 이별 편지가 왔습니다. 마음 한편이 싸한 건 어쩔 수 없지만 처음처럼 울컥하진 않았어요. 이별의 예방주사를 놔준 그에게 고맙다고 해야 할지. 그런데, 어느 날 갑자기 거짓말처럼 그가 돌아왔지 뭐예요. 떠나 보니 너무 힘들었다며, 내가 최고였다며, 다시 받아 달라고 하더군요. 퀭한 얼굴로 행복하진 않지만 넌 날 살게 해, 따위의 말을 궁서체로 게워 내더군요.

그를 향한 마음이 전과 같을 수는 없습니다. 하지만 나는 압니다. 그가 떠난대도 잡을 수 없었듯이, 돌아온

대도 막을 수 없다는 걸요. 모든 건 그의 선택이라는 걸 요. 생각해보니 나는 그와의 미래를 꿈꾼 적이 없었습니다. 그가 보이는 달콤한 표정, 안도의 숨소리, 난 그런 것들에 만족했었나 봅니다. 그가 왜 떠났는지 이제 어렴풋이 알 것 같습니다. 그 역시 나와 '언제 만나자'는 약속을 공유할 뿐 마음을 주지는 않았던 거예요.

내가 받는 사랑은 맹목적인 것이 아니었습니다. 좋아하지만 떠나고 싶은 맘, 끊고 싶어도 끊지 못하는 맘, 이번이 마지막이다 하면서도 주머니 속 이별 편지를 차마 꺼내지 못하는 맘. 수많은 마음들이 느껴졌습니다.

그러고 나니 보이는 거예요. 나를 바라보는 이들의 듬성듬성한 정수리, 눈 밑에 가득 쌓인 그늘, 미간에 흐르는 인내의 흔적, 잔뜩 눌린 어깨가요. 심장을 욕보이는 거친 말에도 고개를 숙여야 하고, 마음에도 없는 웃음을 입꼬리 위에 걸쳐 두어야 하는 모습이요. 똥 밟았다 치고, 개소리다 치고, 술 한 잔 걸치는 그 잠깐 동안에나 펴지는 얼굴들이 말이에요.

나를 볼 수조차 없는 사람들은 또 어떻고요? 나에게

왔다가 밀려난 사람들, 나 때문에 병이 나고, 삭발에 단식 투쟁까지 하는 사람들. 그러다 죽기도 하는…, 난 그들의 목숨줄인 거예요. 그토록 조일 생각은 아니었는데…, 그러고 싶지 않았는데…, 모두를 보듬을 수 있다면 얼마나 좋을까요? 모두가 진심으로 웃는 모습을 볼 수 있다면요.

나는 많은 사람들에게 고통을 짊어진 채 나를 기다리게 했습니다. 좋아할 수밖에 없도록 옭아맸습니다. 쓰디쓴 사탕을 하나씩 던져주며 자발적 노예로 만들었습니다. 나는 떠나라고 시원하게 말할 수도 없습니다. 그 사탕은 나만 줄 수 있으니까요. 착잡한 맘으로 오늘도 그대들에게 편지를 씁니다.

○○에게

부서	○○	
직급	○○	
사번	○○○○	
급여 내역	○○○○○○	

	기본급	○○○○○○
	상여금	없음
	식대	삭감
	교통비	폐지
	·	
	·	
		지급일 ○○○○년 ○○월 ○○일
		'월급' 으로부터.

깔 때까지 까자

야심한 밤이다. 옷을 벗겼다. 흙 묻은 겉옷을 벗기자 속옷이 겹겹이 몸을 감싸고 있었다. 살살 달래 가며 모두 벗겨 내자 미끈한 속살이 드러났다. 풍만한 굴곡을 따라 윤기가 자르르 흘러내렸다. 탱글탱글 옹골지게 차오른 살은 만지면 곧 터질 듯했다. 한 손에 덥석 잡기 부담스러울 정도였다. 다 벗겨 눕혀 놓으니 명품이 따로 없었다. 이 작업을 한 시간째라니! 눈물이 턱까지 줄줄 흘렀다.

느닷없이 수정 언니가 양파를 주러 오겠다고 한 건, 세 시간 전이었다. 오래 두면 썩을 테니 빨리 나눠줘야 한다고 했다. 아니 웬 양파를 20kg이나 샀냐고 물었더니, 양파 농민을 돕기 위해 그랬단다. 올해 양파 값이 껌값이란다. 대풍大豊의 역풍逆風이다. 생각지도 않다가 달랑 커피 한 잔 대접하고 그 많은 양파를 업어 왔다.

평소엔 비싸서 보고도 못 본 척하던 보라색 양파였다. 허풍을 좀 보태자면, 크기는 사람 얼굴만 하고, 광택은 진주요, 자태는 주몽 품은 알이었다. 태어나 그렇게 크고 때깔 고운 양파는 처음이었다. 손질하기 손목이 아플 정도로 묵직했다. 이렇게 실한 양파가 20kg에 고작 만 원이라니! 내가 받은 양파를 값으로 치자면 얼마나 하겠는가. 하지만 농부는 이 한 알의 양파를 키워 내기 위해 자연의 호령 아래 장님이나 벙어리 또는 귀머거리가 되어 견뎠을 것이다. 그 보상이 올해는 밭떼기 갈아엎기라니. 양파와 함께 갈려 나가 너덜너덜해졌을 농부의 마음. 그 땀방울 하나라도 닦아주려는 수정 언니의 마음. 그 마음들을 어떻게 값으로 매길 수 있을까. 눈물을 흘리면서도 무르기 전에 까고 또 깔 수밖에.

얼마 전에는 파 한 단을 300원에 샀다. 먹을 적마다 미안했다. 무려 한 달이나 우리 집 양념을 책임졌는데 고작 300원이라니. 일전에 천오백 원 주고 샀던 다리통만 한 무는 또 어떻고. 한 개를 썰었을 뿐인데, 깍두기가 김치통 하나 가득 담겼다. 다 합쳐도 5000원이 안 될 것이다. 커피 한 잔 값. 지자체마다 특판 행사를 하고, 유명 요리 연구가가 요리법을 공유해 소비를 돕고 있긴 하다. 그러나 근본적인 해결책은 될 수 없다. 장기 보관법이나 2차 가공 식품 연구가 필요하지 않을까. 풍작에도 울어야 하는 유통 구조를 바꿀 순 없을까. 비쌀 때는 또 오죽 비싸야 말이지.

한 농민의 인터뷰가 떠올랐다.

"키워 보지 않은 사람은 몰라요. 이 마음을…."

맞는 말이다. 손에 흙 한 번 묻혀 보지 않은 내가 어찌 알겠는가. 양파 농사를 빗대어 '다마내기'가 '망하내기' 되고, '망하내기'가 '담아내기' 된다고 하더니, 올해는 상황이 더 안 좋구나 했다. 인터뷰 속 농민의 표정 또한 담담했기에 농사란 것이 원래 그런가 보다 했다. 하지만 양파를 계속 까다 보니 내가 흘린 눈물이 마치 내 것 아닌, 농부의 눈물인 것만 같았다. 양파는 그들이 보낸 눈물의 편지였다. 깔수록 그 마음이 맵짜게 나에게 스며들었다.

한밤의 까기 작업은 마무리됐지만, 베란다에 가득 찬 매운 내가 연신 눈을 찔렀다. 신음하며 눈을 질끈 감았다. 오래 전 살피재 고개를 뒤덮었던 최루 가스의 소환이었다. 숭실대 학생들이 데모할 적마다 나의 각막에 들러붙던 울분의 흔적. 그때 나는 쉴 새 없이 눈물을 닦아 내며 그 길을 지나야 했다. 우리 집 베란다는 작은 데모의 현장이었다.

양파 밭을 헤매고 다닌 사람처럼 손톱과 지문 사이에 꺼먼 흙과 자주 물이 뒤엉켜 있었다. 눈도 제대로 못 뜨고 눈물을 흘리는데 거실에 있던 남편이 물었다. "거기서 뭐해? 양파 까! 고작 양파 깐다고 그러고 있어?" 남편에게는 고작 양파 까는 일이었다. 하지만 나에게는 최루가스와의 사투였다. 켜켜이 눌러둔 농부의 마음을 까

내는 일이었다. 나는 흙손의 농부가 되어 한참 동안 쓰
린 눈을 꾹꾹 눌러야 했다. 또 다른 양파가 언제 또 나에
게 굴러 들어올지 모른다. 그래, 깔 때까지 까 보자.

구다겸 | 2017《수필과비평》 등단
수필집 | 《계단을 오르는 아이》

아내의 그림 외 2편

김 만 년

sanha3000@hanmail.net

노인 병동은 적막했다. 핏기 없는 시침에 붙박여 천장을 응시하는 눈빛들은 무료하고 공허하다. 인체를 장악한 호스들이 몇 눈금밖에 남지 않은 생들을 가파르게 펌프질하고 있다. 가족들도 처음엔 자주 찾아오다가도 시간이 지나면 뜸해진다. 긴 병에 효자 없다는 말이 이곳처럼 명료하게 드러나는 곳도 없으리라. 치매를 앓는 노인들이라면 더욱 그렇다. 생의 기억들이 소진된 자리에 가족들의 살가운 감정이 들어설 틈이 없다. 어쩌다가 툭

튀어나오는 생뚱한 단어에 한바탕 폭소를 터트리기도 하지만 그뿐, 이내 병실은 공허한 침묵만 흐른다. 그나마 기억이 살아 있는 노인들은 여기서는 대우를 받는다. 인간이란 어쩔 수 없이 감정의 돌기들로 교감되는 생명체들이기 때문이다.

"글쎄, 어제는 쥐를 잡는다고 병원을 발칵 뒤집어 놓더니만, 오늘은 소변 봉지를 가는데 무신 남존여비 여필종부 하시면서, 여자가 아랫도리 만진다고 할배가 발로 차서 이렇게 됐니더. 여기 이 시퍼런 멍다구 좀 보소."

간병인의 원망 섞인 하소연이다. 아버지는 여전히 허물어진 유가儒家에 앉아서 완고한 고집으로 떵떵거리고 있었다. 아버지는 알츠하이머를 앓고 있다. 설상가상으로 고관절 수술 후유증으로 극심한 섬망 증세까지 나타나고 있었다. 병실 문을 들어서면 아버지가 밤새 생산해 놓은 대형 뉴스들이 하루도 빠짐없이 나를 기다리고 있었다. 간병인들은 간밤에 있었던 아버지의 사건 사고일지를 브리핑하듯이 나에게 일러바친다. 의사의 호출도 부쩍 잦아졌다. 어르신 때문에 병원 업무가 마비될 지경이니 소견서를 써 줄 테니 다른 병원으로 옮겨 달라는 것이다. 참으로 난감했다.

"여보 아무래도 우리가 직접 간병하는 게 옳은 것 같아요. 아버님도 우리가 없으면 저리 불안해하시니, 달리 뾰족한 방법이 없잖아요."

"내 직장은 어쩌고? 당신 맘대로 해!"

아내의 말에 괜한 퉁을 놓고 밖으로 나왔다. 추석 보름달이 휘영청 밝다. 어머니의 얼굴이 겹쳐진다. 올망졸망한 육 남매와 병든 아버지를 바통 터치하듯이 나에게 맡기고 훌쩍 떠나신 어머니가 야속했다. 아버지는 평생 남들한테는 호인 소리를 들었지만 가족에게는 아픔이었다. 전란의 후유증으로 인한 화병, 투전 가산 탕진이라는 위태한 생의 작두 위에서 끝내 피폐된 삶을 반전시키지는 못했다. 상처하시고는 맏이를 따라 서울로 오셔서 이십 년을 방 윗목에 앉아서 낡은 명심보감만 들척이셨다. "당신, 여서 쌀이 나오니껴 밥이 나오니껴!" 하시던 어머니의 옛 성화가 이해되었다. 결가부좌를 틀고 면벽하는 고승의 모습이 저러실까. 아버지가 기댄 벽지엔 세월의 때에 절은 달마의 문양이 선명하게 새겨져 있다. 농사를 억척스럽게 지으시며 집안 대소사를 호령하시던 시절도 영 없지는 않았지만 그 짧은 기억만으로 아버지의 무위한 삶이 탕감되진 않았다. 아파트 베란다로 해가 뜨고 지는 동안 아버지의 일생도 속절없이 저물어 갔다. 혼주 노릇을 하며 동생들을 결혼시킬 때면 유독 아버지의 빈자리가 컸다. 기대하지 말자고 수없이 다짐했지만 그래도 현실의 무게가 버거울 때면 아버지의 등에 한 번쯤은 기대어보고도 싶었다. 애증愛憎은 하나의 연줄에서 잉태된다고 했던가. 사랑하고 공경할 수 없는 아버지란 이름이 미웠고, 그 미움의 가시는 다시 부메랑으로 돌아와 나를 찌르던 세월이었다.

나는 애착을 가졌던 홍보실 일을 접고 집 가까이로 전근을 자청했다. 담당 의사에게 직접 간병을 할 테니 사정을 좀 봐 달라고 간청을 드렸다. 아내와 나는 직장과 병원을 오가며 교대로 아버지의 간병을 시작했다. '살면 얼마나 사실까?' 하는 아내의 말에 마음을 다잡았다. 그러나 일상이 뒤엉킬수록 나의 심기는 비뚤어져 갔다. 일생 씻는 것을 터부시하는 성격이시기에 목욕을 시킬 때면 늘 한바탕 전쟁을 치러야 했다. 나도 모르게 손바닥에 힘이 들어갔다. 이 등이 어머니의 등이었다면 조선 팔도를 업고 다닐 등이건만, 이런 부질없는 생각을 하면서 아버지의 등을 세게 문지르는 것으로 미움의 멍울을 풀어내기도 했다. "당신 그러면 죄 받아요." 아내는 눈을 흘기며 추석 밥을 아버지 입에 잘도 떠 넣는다.

금실 같은 햇살이 내리던 어느 가을 무렵이었다. 퇴근 후 병원 문을 막 들어서려는데 공원 한 귀퉁이에서 나직한 대화 소리가 들려왔다.

"아버님, 옛날에 어머님 만나시기 전에 바람피우신 적 있으세요?"

"흐흠, 딱 한 번 있기는 허지. 거 맥골 뽕나무 밭에서, 허허~"

"어머 그러셨어요. 그럼 하늘나라 어머님께 일러바쳐

야겠네요. 호호!"

"아버님, 십팔 번 노래 한 번 불러 보세요."

"백마아강 다알밤에 물새에가 우~울어~"

"와아, 짝짝짝!"

아내는 휠체어를 밀며 아버지의 노래에 맞장구를 친
다. 아버지는 며느리의 살가운 채근에 즉흥 화답을 하
신다. 폭력적이고 괴팍하기까지 하던 증상은 온데간데
없고 새우깡을 오물거리시는 아버지의 얼굴이 아이처럼
순하고 평온해 보였다. 피가 섞이지 않아서 저럴 수 있
는 것일까. 아내의 저 여유는 대체 어디서 온 것일까. 아
내는 아버지를 치료하는 방법을 알고 있는 듯했다. 결혼
전 편찮으신 홀아버지를 모셔야 하는데 괜찮은가? 라고
물은 적이 있다. 그때 아내는 일찍 돌아가신 친정아버지
에 대한 그리움을 이야기한 적이 있다. 그러한 친정아버
지에 대한 마음이 아버지에게 연민의 정으로 투사되었
는지도 모른다. 그래서인지 아내는 지금까지 아버지를
신심으로 대했던 것 같다. "커 가는 아이들이 무섭다."

며 아버지를 원망하며 돌아서는 시동생들을 다독였다. "그러니까 장남 아니에요."라며 미움 쪽으로 기우는 내 마음을 누그러뜨려 주곤 했다. 어쩌면 내가 아버지를 겉 도는 세월 동안 아내는 일찌감치 아버지를 운명으로 받 아들였는지도 모른다.

각박한 세상의 시류처럼 나 역시 아버지를 '주고받음' 의 잣대로만 생각해 왔던 것은 아닌지. 저 가랑잎 같은 아버지를 진즉에 놓아 드리지 못하고 아버지란 이름에 만 너무 집착해 온 것은 아닌지. 부모 자식 간에도 상대 성의 논리가 작용한다며 받은 것이 없으니 줄 것도 없다 고 긴 세월 마음의 문을 닫고 살아온 것은 아닌지. 들숨 한 번이면 이미 저승길인데 내 미욱한 가슴에 마른 잎 하나 떨어질 즈음에야 겨우 보이는 아버지.

고개를 들면 하늘이 보이고 구름이 흐른다. 아이들이 햇살 속으로 뛰어간다. 정말 받은 것이 없는 것일까. 저 파란 하늘과 구름, 아이들은 어디서 왔을까. 그랬다. 아 버지는 눈 코 입 똑바로 박힌 나를 주셨던 것이리라. 이 세상을 주신 것이다. 생각을 돌리니 마음이 한결 편해진다. 잘난 부모보다 못난 부모 잘 모시는 것이 참 효도 일 진대, 이 평범한 말 한마디를 터득하는데 그렇게 오랜 시간이 걸렸던 것이다.

휠체어를 미는 아내의 등 뒤로 부채 같은 햇살이 내린 다. 은행잎들이 아내의 어깨 위로 떨어진다. 노란 물감 으로 채색된 한 장의 가을 그림 같다. 내가 살아오면서 아버지에게 한 번도 그려 주지 못한 그림을 아내가 살랑 살랑 앞서가며 그려 가고 있다.

"아부지요!"

휠체어를 밀며 나도 슬그머니 아내의 그림 속으로 끼어 든다. 그림 속이 환해진다. 너무 늦지 않아서 다 행이다.

월정리역 비가

월정리역은 풍화에 젖은 듯 고요하다. 역사를 돌아
나오다가 풀섶에 웅크린 낡은 객차 앞에서 발걸음을 멈
추었다. 허물어진 객차의 등뼈가 공룡의 화석처럼 처연
하다. 신생의 사막을 쿵쿵 건너오다가 융기하던 불덩이
에 그만 풀썩 주저앉은 비명일까. 천형의 죄를 안고 불
모의 땅에 유배된 죄인의 모습이 저러할까. 머리는 달
아나고 옆구리엔 총알 자국이 선명하다. 제 흉물스런
몰골을 감추려는 듯 객차는 초록의 그늘을 한 뼘씩 넓

혀 가고 있다.

달려온 기억도 이젠 까마득하겠다. 검은 동륜을 굴리며 포탄 자욱한 산맥을 휘몰아쳐 왔을 게다. 원산이나 함흥 어디쯤에서 몇 량의 탱크를 싣고 남침을 감행했을지도 모른다. 일진일퇴의 교착 점, 철의 삼각지를 건너다가 빗발치던 총탄에 절명하기까지가 너의 전생일진대, 네 빛나는 전공에 훈패를 달아 주는 사람은 없다. 분단을 배경으로 몇 장의 추억들을 줌업 시킬 뿐, 사람들은 네 깊은 상처까진 다녀가지 않는다. 다만 햇빛과 구름과 이름 없는 들꽃들만이 네 무릎에 앉아서 무료한 바람의 조의를 표할 뿐이다.

저렇게 앉은 채로 칠십 년, 긴 망각의 곡선 위에 앉아서 한 하늘만 바라보았을 게다. 녹물 뚝뚝 흘리며 한 생각만 붉혀 왔을 게다. 한 떼의 새들이 남진하던 하늘, 한 무리의 진달래가 북상하던 능선을 사무치게 바라보다가 그만 눈 멀고 뼈마디마저 짓물렀을 게다. 달리고 싶었겠다. 저 육중한 통문을 박차고 네 출생지 북녘 땅으로 우렁우렁 달음질치고 싶었겠다. 압록강 너머 광활한 초원으로 달려가고도 싶었겠다. 옛 피난민들 등에 업고 해후의 기적 소리 크게 한번 울려 보고도 싶었겠다.

'애야 허리가 끊어질 듯 아프구나. 이젠 날 좀 치료해다오. 어느 못난 아이들이 어미의 허리를 이리 팽팽하게 당긴단 말이냐. 그만 놓아라. 이 금단의 철책을 그만 풀어다오. 꽃삽을 들어다오. 군데군데 피멍울 맺힌 허리를 치료해다오. 철책을 갈아엎어 꽃씨를 뿌려다오. 휴전선 칠 백리에 산도화 진달래 만발한 꽃밭을 보고 싶구나. 두고 온 이름조차 이젠 치매처럼 가물거리기만 한데 정녕 이대로 방치될 이별이냐. 뼛골 삭아질 기다림이더냐. 애야, 이제 그만 날 좀 일으켜다오. 참말로 이 강산을 신명나게 한번 달려 보고 싶구나…' 마치 어머니의 오래된 허리 통증처럼 155마일 반도의 허리를 베고 누운 객차가 나에게 절절한 아픔을 호소하고 있는 것만 같다.

눈을 들면 멀리 회청색 능선 너머로 남방 한계선이 보인다. 한 무리의 새들이 북으로 간다. 나는 눈가는 데까지 새들의 행방을 좇는다. 하늘에는 통문도 절개지도 없어 새들은 자유롭다. 자유롭게 왕래한다. 그 하늘 아래

백마고지 칠부 능선이 뒤틀린 비애처럼 꿈틀거리고 있다. 역사의 아이러니일까. 저 피의 능선 어디쯤엔가 궁예가 천년제국을 꿈꾸며 태봉국을 건설했다는 옛 도성이 있다니, 분단의 결기가 첨예하게 대립된 비무장지대 안에 누워서 궁예는 또 무슨 역모를 꿈꾸는 걸까. 대고구려의 꿈을 이루지 못하고 비참한 최후를 맞은 폐왕의 원혼이 전쟁의 광시곡으로 부활이라도 한 것일까. 다시 천년이 흘렀는데 삼국의 후손들은 여전히 궁예의 성곽을 사이에 두고 피의 진지를 구축하고 있다. 능선마다 만장 같은 깃발을 펄럭이며 경계의 눈빛 번뜩이는, 저기 비무장지대는 여전히 천 년 전 궁예의 전쟁터로 유효한 것 같다. 하늘은 평화인데 땅은 여전히 짙푸른 전운이 감돈다.

해마다 병사들의 원혼이 능선을 타고 내려와 망초꽃으로 하얗게 피고 진다는, 저 방책선 어딘가에 일등병 아들이 있다. 노심초사 부릅뜬 눈으로 서 있을 아들, 아들들을 생각하면 나는 그만 무력감에 빠진다. 기차의 낡음도 격전지의 전흔도 너희들 앞에선 어쩌면 지나가는 면회객의 한가한 감상일 수도 있겠다. 북녘으로 그리운 생각이 달리다가도 네 긴장한 금속성 목소리 앞에선 걸음이 뚝 멈춘다. 나는 어쩔 수 없이 아들의 무사 귀환을 기도하는 아버지가 된다. 세상의 모든 총부리는 어머니의 가슴을 향한다고 했는데, 누군가의 가슴을 쏘면 그 어머니가 운다고 했는데, 스무 살 꽃다운 사진을 끌어안고 지금 어머니를 울게 하는 사람들은 누구일까. 총구를 겨누고 있는 너희들일까. 아니면 한 시대를 떠밀고 가는 아버지들일까. 아버지들의 딱딱한 관념들일까.

"우리 따뜻한 밥 같이 먹어요. 칙칙폭폭 기차가 아파요."

어느 해빙의 봄날엔가 코 흘리게 아이들이 써 놓고 간 노란 리본들이 바람에 나풀댄다. 제 흥에 겨운 듯 팔랑팔랑 북녘 길을 재촉하고 있는 것만 같다. 평강19km 원산123km 함흥237km…, 한나절이면 닿을 거린데 참 멀기도 하다. 저 길로 곧장 가면 가곡 해금강 명사십리, 녹슨 이정표를 따라 가는 길이 꿈길처럼 아득하다. 영변에 약산 진달래 한 아름 꺾어 들고 옛 시인의 노래 나직이

부르며 하루나 이틀쯤 맨발로도 걸어 보고 싶은 길이다. 흰옷 입은 사람들 바리바리 싣고 기적 소리 뿡뿡 울리며 달려보고 싶은 길이다.

한때 나는 경원선 열차를 몰고 신탄리역을 오간 적이 있다. 더는 갈 수 없어 "철마는 달리고 싶다."란 팻말 앞에서 매번 기수를 남으로 돌리곤 했다. 언젠가 좋은 시절이 오면 맨 먼저 통일 열차의 기관사가 되어 북녘을 달리는 꿈을 꾸기도 했다. 오십 량 특대 화물을 싣고 가변 대차로 러시아 광궤를 달리는 상상을 하기도 했다. '카레이스키'란 비운의 이름을 달고 시베리아 유형지를 떠돌던 옛 선인들의 숨결도 느껴 보고 싶었다. 혜산역 어디쯤에 여장을 풀고 백두산 상상봉 단숨에 올라 반도의 푸른 등줄기 시큰시큰 굽어보고도 싶었다. 상상이 현실 속에서 복원되기를 고대하고 기도했다.

스물 몇 살 새파란 날이 흘러가고 어느새 귀밑머리 희끗한 반백의 기관사가 되었건만 좋은 시절은 여전히 미래 진행형이다. 물컹한 만남은 언제나 희망 속에서만 존재하는 것일까. 막혔던 눈물길은 아직 열리지 않았고 통

일은 여전히 공허한 수사로만 덧칠되고 있다. 불통不通의 세월이 수수방관하는 사이 복사꽃 붉던 뺨, 기다림도 이산의 한도 꽃잎처럼 시들어 갔다. 만남은 언제나 이벤트처럼 왔다가 가고 차창을 스치는 저 망연한 눈빛들, 이제 사람들은 불망의 이름들을 속속 지우며 긴 망각의 강을 건너고 있다. 삶은 겪는 자의 몫이라고 했지만 겪어보지 않아도 나는 이미 섧다. 서러운 노래로 서 있다. 언제 연두 빛 고운 봄은 오는지. 널리리야 널리리 어깨 걸고 춤추는, 그 환한 봄날은 차마 오고는 있는 것인지. 달빛 기울기 전에 천 모금의 물을 길어 아버지를 치료했다는 월정리月井里, 달빛 기울어도 그리운 이는 오지 않아, 녹슨 철마는 버려진 미아처럼 갈 길을 잃고 있다.

탈

|

마당은 이미 춤판으로 후끈 달아올랐다. 각시탈이 퇴장하자 넉살 좋은 백정탈이 나온다. 도끼와 칼을 들고 마당을 어슬렁거리며 구경꾼들에게 조소와 위트를 보낸다. 춤을 추는가 싶더니 일순 고개를 숙인다. 섬뜩한 광채가 탈 아래턱을 스친다. 순식간에 소머리를 후려친다. 구경꾼들이 비명을 지르는데 어느새 백정탈은 몽두리 춤을 추며 "양기에 좋은 쇠불알 사시소."라며 능청을 떤다. 불가촉천민이라는 태생적 한계 때문일까. 눈가에

웃음마저 짙은 비애가 묻어있다. 미간을 타고 스치는 칼자국과 날선 주름이 그의 거친 생애를 말해주는 듯하다. 고개를 들면 호탕한 사내의 웃음이요, 고개를 숙이면 비장한 검투사가 되는 것이 백정탈의 숙명이다.

애잔한 태평소 가락이 몇 방울의 비를 부를 즈음, 때맞추어 할미탈의 구슬픈 베틀가가 마당을 적신다. 돌연 구경꾼들이 숙연해진다. 낡은 베틀에 패랭이꽃 같은 세월을 서리서리 감는다. "춘아춘아 옥단춘아"로 시작되는 할미탈의 느린 산조가 움푹 패인 탈의 입모양과 묘한 일치를 이루면서 듣는 이의 심금을 울린다. 고추 같은 시집살이에 찔레꽃 따먹으며 보릿고개를 긴 한숨으로 넘었다던 어머니의 일생을 지금 저 할미탈이 읊고 있는 것일까. 삶이 힘들 때면 진양조 한풀이로 넘고, 신명이라도 뻗치면 중중모리 몸 춤으로 넘어가던…, 여인네들의 삶이란 그렇게 서릿발 같은 인생길 굽이굽이 넘어 온 게로구나. 깊게 패인 할미탈 위로 휑하니 주름진 세월만 달아나는구나.

젖은 햇살 속으로 몇 줄기의 여우비가 지나간다. 이

런 날을 두고 "호랑이 장가가는 날."이라고 했던가. 호랑이 대신 산중의 스님이 나타났다. '꾸구럭꾸구럭' 풋개구리 독경소리로 구경꾼들의 웃음소리를 바리 가득 탁발한다. 도롱상투를 쓰고 장삼자락을 휘날리며 '부네'를 희롱한다. 실눈에 헤벌린 입 모양이 이미 세속을 부지기수로 넘나들었을 성싶다. 오줌 눈 자리에서 오금춤을 추는 부네의 요염한 교태에 그만 몸이 먼저 반응한 모양이다. 이미 몸은 달아 선계도 육바라밀도 부네의 치맛자락 밑에 뜬구름이 아닌가 싶다. 기녀妓女에 의해 단단한 금강경 한 줄이 파계破戒되는 순간이다. 구경꾼들의 통쾌한 웃음이 오히려 스님의 일탈을 응원한다. '아하, 스님도 인간이었구나. 스님에게서 탈이란 세속으로 가는 치장이었구나. 밥을 빌어 몸을 보시하고 몸을 빌려 부처에 이르라고 했는데 스님은 몸을 빌려 부네를 업고 줄행랑을 치는구나. 쌍화점이나 목자득국木子得國이 그냥 생긴 노래는 아니었구나.' 이런 생각에 절로 실소가 터져 나왔지만 오히려 마음은 개운했다.

맞은편에 히잡을 두른 외국여자들이 무언가 귓속말로

소곤거린다. 노인 두 분이 춤판이 바뀌는 틈을 타 어깨를 들썩이며 배꼽춤을 춘다. 아이들이 까르르 넘어간다. 우리 민족은 정말 '흥'이라는 유전자라도 가진 것일까. 남녀노소 모두가 덩실덩실 춤판을 달군다. '둥둥둥~' 북소리는 여름 들판의 새들을 날리고 만상의 풍요를 부른다. 하회탈이 선대의 모든 계층을 포함하고 있다면 지금 구경꾼들 역시 모든 계층을 망라하고 있는 듯하다. 십대들만 모인 공연장이나 중년들만 선호하는 음악회와는 그 성격이 사뭇 다르다. 아이들부터 팔순의 할머니까지, 눈 까만 동양인부터 코 큰 서양인까지, 하회탈은 그렇게 메마른 세상에 추임새를 넣고 있다. 사람과 사람을 하나로 묶고 있다.

춤판은 어느새 파장으로 치닫고 있다. 징소리에 맞추어 도포자락을 휘날리며 양반탈이 등장한다. 탈 아래로 곧게 뻗은 수염의 허풍스러움이 팔월 염천을 희롱한다. 탈 중의 탈이 분명하다. 산천초목의 기운을 다 빨아먹은 듯, 상相의 기운이 호방하다. 육간대청에서 어험~, 하면 대문 앞 장송도 머리를 조아릴 기세다. 진지성과 풍류, 근엄성과 호방함을 탈 하나에 모두 담고 있다. 어쩌면 저 눈썹 아래로 흐르는 완만한 곡선이 이 마을, 하회河回를 휘돌아 가는 강심江心에 닿아 있는지도 모른다. 치맛자락처럼 휘늘어진 저 강물의 유장한 가락이 하회탈을 여기까지 데리고 온 것인지도 모른다.

껄껄거리는 양반탈의 여유를 시기라도 하듯 작달막한 선비탈이 도끼눈을 흘긴다. 궁색한 티가 탈의 눈꼬리에 꾀죄죄하게 붙어있다. 무언가 불만이 있는 듯 연신 잔기침을 한다. 굴뚝에 연기가 오르지 않아도 천하태평 글만 읽는 사람이 내가 아는 선비인데 지금 저 선비탈은 그런 분위기를 느낄 수 없다. 중탈이 아예 드러내놓고 인간의 이중성을 가감 없이 보였다면, 양반탈은 안과 밖이 고묘히 소통한다. 턱의 분리효과로 호방성과 근엄성이 이질적으로 보이지 않는다. 그러나 선비탈은 내면의 욕구와 온갖 궁색이 탈을 쓰는 순간에도 나타난다. 오랜 궁핍 때문일까. 탈이라는 '페르소나'가 완전하게 작동하지 못하는 인간형이다. 선비는 이미 체면이라는 탈마저 벗어버린 것 같다. 옹색하지만 솔직하다.

비 그친 하늘이 낭창하다. 덩덕쿵~, 세마치 장단이 하늘을 울린다. 드디어 맘판이 올랐다. 양반과 선비 사이에 소불알 쟁탈전이 시작된다. 학식을 겨루며 '흠흠' 점잖을 떨던 두 양반이 양기에 좋다는 백정의 말에 고개를 홱~, 돌린다. 대뜸 백정에게 달라붙어 서로 '내 소불알'이라며 소불알을 물고 늘어진다. 우레와 같은 박수소리가 탈판을 달군다. 선비와 양반의 위선이 불가촉천민 백정에 의해 깨어지는 순간이다. 그러나 백정탈 어디에서도 적의는 보이지 않는다. 웃음과 해학만 난무할 뿐이다. 그래서 쌓인 갈등이 완판으로 해소되는 순간이기도 하다. 개인이든 사회든 불만이 쌓이다 보면 종종 엉뚱한 방향으로 탈이 난다. 그 '탈'을 막기 위해 하회 사람들은 '탈'을 쓴 것일까? 하회의 '回'자가 탈을 연상시키는 것도 아이러니지만 엄격한 유가의 본향에 탈판을 깔아 준 양반들의 호방한 여유 또한 미소를 머금게 한다.

앉아 있는 탈의 모습이 모두 다르다. 아이의 탈은 해맑다. 세월 모르는 탈이다. 여학생의 얼굴은 각시탈처럼 곱다. 아직 세월의 두께가 내려앉지 않은 탈이다. 출랑

거리는 초랭이탈도 보이고 광대뼈가 툭 불거진 옹고집탈도 보인다. 여름 땡볕에 검게 그을린 건장한 백정탈도 보인다. 아직 움켜쥐어야 할 것들이 많은 탈이다. 뒤쪽 할미탈의 주름은 환하다. 인중으로 몰린 주름이 서글한 등고선을 그리고 있다. 발품과 노역으로 쫄아든 아름다운 훈패勳牌임이 틀림없으리라.

사람은 누구나 두 개의 탈을 가지고 살아간다. 하나는 내면으로 향하는 탈이고 하나는 밖으로 드러나는 탈이다. 안은 심성이고 밖은 표정이다. 밖을 향하는 탈은 위장이 가능하지만 대부분의 탈은 선비탈처럼 쉽게 읽히고 만다. 표정은 심성의 거울이기 때문이다. 자기 심성을 닦는 사람, 감추지 않아도 맑은 심성이 자연스레 드러나는 사람, 그런 사람을 보면 입가에 미소가 번진다. 만면의 미소를 머금은, 그런 사람을 닮고 싶다. 문득 얼굴로 손이 간다. 나는 어떤 표정일까. 긴 인생의 여정에서 나의 탈은 지금 어떤 모습으로 비춰질까.

김만년 | 월간문학(2003詩), 경남신문신춘문예수필당선(2015) 근로자문화예술제문학분야대통령상(詩), 공무원문예대전수필부문 국무총리상, 독도문예대전최우수상, 전태일문학상, 김포문학상. 아르코문학창작지원금수혜

눈깔사탕 외 2편

김 용 삼
onnoo2000@hanmail.net

언제부턴가, 아버지와 반장 댁의 만남이 잦아졌다. 그녀는 엄마가 붕장어 행상을 나가고 나면 어김없이 아버지를 찾아왔다. 비봉사몽간이기는 했지만, 나는 두 사람이 주고받는 이야기를 어렴풋이 들을 수 있었다. "꼭 보낼 거지예? 약속 안 지키면 내가 곤란하니더."라면서 반장 댁은 아버지를 채근했다. 아버지는 마지못한 듯, 그러마 하고 대답을 하는 정도였다.

반면에, 엄마는 그것에 대해 전혀 모르는 눈치였다.

하루도 행상을 거른 적이 없었고, 장사를 마치고 삽짝을 들어서면 밀린 집안 살림을 해치우느라 늘 동동거렸다. 어디를 봐도 이상한 낌새 같은 건 읽지 못한 것 같았다.

그날도 아침 댓바람부터 반장 댁이 찾아왔다. 그녀는 삽짝 밖을 힐끗거리며 목소리를 낮췄다. 아버지는 잘 피지 않던 봉초를 신문지에 말아 뺨이 홀쭉해지도록 빨아 대기만 했다. 옆집에서 생솔가지로 불을 피우는지, 매캐한 연기가 뭉텅뭉텅 담을 넘어왔다. 뿌연 연기만큼 무거운 기류가 두 사람 사이를 흐르고 있었다.

나는 요란하게 기지개를 켜며 헛잠을 털고 일어났다. 그런 내게 아버지가 대뜸 눈깔사탕 한 알을 쥐어 주었다. 생각지도 못한 일이었다. 뜬금없이 내 손에 들어온 사탕 한 알은 입에 넣지 않아도 이미 달큼한 횡재였다. 그러나 아무리 생각해도 아버지가 까닭 없이 그것을 내어 줄 리가 없었다. 의아한 마음을 숨긴 채 사탕을 꼭 그러쥐었다.

동네 점방이나 학교 앞 문방구에는 투명한 유리병 속에 눈깔사탕이 수북하게 들어 있었다. 노랗고 하얀 설탕

가루를 뒤집어쓴 놈과 그냥 반들반들한 놈들이 섞여 있는 유리병은 햇살을 받아 무지개처럼 빛이 났다. 나는 종종 점방의 높은 창틀을 잡고 까치발을 세운 채 입맛을 다시곤 했다. 하지만 흥건하게 고인 침을 삼키며 돌아서는 수밖에 없었다. 터벅터벅 집으로 돌아오는 길, 애꿎은 흙무덤만 걷어차며 분풀이를 해댔다. 내 삶에 처음으로 결핍의 쓸쓸함을 가르쳐 준 것이 눈깔사탕이었던 셈이다.

아버지의 머리맡 궤짝에도 사탕 봉지는 있었다. 그건 아버지의 기침을 다스리기 위한 응급약이기에 우리는 손을 댈 수가 없었다. 폐를 크게 다친 아버지는 한번 기침이 시작되면 요강에 피고름을 쏟아 내고도 잘 멎질 않아 늘 괴로워했다. 신기한 건, 눈깔사탕 한 알을 입에 넣으면 거짓말처럼 기침이 멈춘다는 것이었다. 어린 내 눈에도, 그건 사탕이 아니라 약이 분명해 보였다. 그런 사탕에 감히 눈독을 들일 수는 없었다.

얼마 지나지 않아, 낯선 사람 둘이 마당을 들어섰다. 반장 댁은 잔뜩 호들갑을 떨며 그들을 맞이했다. 그제야 아버지가 집안을 주섬주섬 챙기며 맞인사를 나누었지만, 그리 반기는 눈치는 아니었다. 그저 누렇게 색이 바랜 천장만 말없이 올려다보고 있었다. 그들은 빚쟁이처럼 좁은 집안을 이리저리 살폈다. 간혹 아버지의 꽁무니를 잡고 선 나에게 그윽한 눈길을 보내기도 했다.

어색한 공기를 살피던 반장 댁이 내게 다가왔다. 부스럼과 버짐이 가득한 까까머리를 쓱쓱 문지르며 뜬금없는 칭찬을 늘어놓았다.

"야가 이래도 머리 좋고 싹싹한 놈이니더."

그들은 커다란 바구니를 아버지 앞에 내밀었다. 얌전하게 바구니를 싼 명주 보자기가 호기심을 부추겼다. 아버지가 매듭을 푸는 순간, 내 눈은 휘둥그레졌다. 투명한 비닐을 뚫고나오는 한 줄기 무지갯빛, 그건 동네 점방에서는 본 적이 없는 아주 큰 눈깔사탕이었다.

바구니 속에는 눈깔사탕만 있는 게 아니었다. 방금 풀을 먹인 듯 각이 잘 잡힌 멜빵바지와 가슴 양쪽에 커다란 오리 눈이 그려진 노란 티셔츠, 그리고 앙증맞은 삼각팬티도 있었다. 처음 보는 과일도 밑자리를 차지하고 있었다.

그때였다. 반장 댁은 내가 입고 있던 후줄근한 옷을 가차 없이 벗겨 버리곤 새 옷을 입히기 시작했다. 비록 여섯 살이었지만 남 앞에서 발가벗겨지는 것이 창피하다는 것쯤은 알 나이였다. 아버지에게서 받은 눈깔사탕만 아니라면 발버둥이라도 쳤을 것이다. 하지만 반장 댁의 손을 거부하면 사탕을 도로 내놓아야 될 것 같았다. 순순히 그녀의 손에 나를 맡기는 것이 사탕을 지키는 길이라며 두 눈을 질끈 감았다.

처음 입은 멜빵바지가 남의 옷을 얻어 입은 듯 어색했다. 낯선 부부의 익숙지 않은 눈빛과 반장 댁의 평소답지 않은 칭찬, 그리고 아버지의 무겁고 어두운 표정, 그 모든 것들이 새 옷만큼이나 불편했다. 그러나 동네 아이들에게 의기양양 사탕을 과시하고 싶은 마음이 더 컸기에 머릿속엔 그 자리를 벗어날 궁리로 가득했다.

"아부지, 나가 놀아도 되지예?"

"먼데 가지 말고 집 근처서 놀거라."

아버지의 허락이 떨어지기 무섭게 골목을 향해 내달

았다. 변변한 명절빔은 구경도 못한 아이들에게, 멜빵바지와 노란 티셔츠는 친척 집에 놀러 온 서울 아이들이나 걸치던 옷이었다. 새 옷을 입고 나타난 나를 보고 아이들이 웅성거리기 시작했다. 나는 으쓱해진 기분으로 손에 든 눈깔사탕을 천천히 입에 넣었다. 그리고 보란 듯배를 내밀고 그들 앞을 오락가락 걸었다.

"니, 여기서 뭐하는 짓이고?"

막 입안에 단물이 감도는 찰나, 누군가 사정없이 어깨를 낚아챘다. 엄마였다. 완력이 얼마나 드센지 꼼짝달싹할 수가 없었다. 입에 든 눈깔사탕 때문에 아프다는 소리도 못하고 집으로 끌려 들어갔다. 그토록 우악스럽게 나를 다루는 엄마를 본 적이 없었다.

엄마의 갑작스런 등장에 아버지와 반장 댁은 사색이 되었다. 그 시간에 엄마가 돌아오리라곤 꿈에도 생각지 못해서였을 것이다. 안방까지 끌려간 나는 다시 발가벗겨졌고, 멜빵바지와 노란 티셔츠는 바구니 속으로 내팽개쳐졌다. 무언가 잘못되고 있다는 생각이 들었다. 나는 채 녹지 않은 눈깔사탕을 뱉어 재빨리 담장 너머로 던져

버렸다.

"아무리 입에 거미줄을 쳐도 그렇지, 숟가락 하나 덜자고 자식을 남의 집 보내는 애비가 인간인교? 이웃 동기간이라고 동생처럼 정을 줬는데, 반장 자네까지 우째 이럴 수가 있노? 어디 가서 함부로 어미라 하지 마라. 오늘 장사 갔다가 동네 언니를 못 만났으면, 내가 이 죄를 품고 평생을 어찌 살았을꼬…."

엄마는 동네가 떠나가라 악다구니를 퍼부었다. 두 사람은 한마디 변명조차 하지 못했다. 나는 영문도 모른 채, 눈물 콧물로 범벅이 된 엄마 옆에 한참 동안이나 쪼그리고 앉아 있었다.

그날 밤, 나는 실로 간만에 엄마의 품을 독차지한 채 잠자리에 들었다. 동생이 생긴 후, 언감생심 꿈도 못 꾼 일이었다. 이따금 벽 쪽으로 돌아 누운 아버지의 등이 들썩이기는 했지만, 나에겐 눈깔사탕 한 알보다 훨씬 달콤한 밤이었다.

쌀밥전傳

사람들 앞에 벌거벗고 선 기분이었다. 이제부터 '넌 혼자야'라는 판결문을 거머쥐고 법원 문을 나설 때, 사람들의 시선은 돋보기 해 모으듯 나를 향했고 간혹 수군거림까지 환청으로 귀에 박혔다. 이미 바닥에 떨어진 자존감은 주위에서 갖은 처방을 들이댈수록 울컥울컥 부아로 나타났다. 생채기는 이대로 두면 더 곪을 것 같았다. 만원 버스에서 갑자기 가슴을 조여 오는 증세가 병이란 것을 알았을 때 '도피'를 감행했다.

큰 저수지를 품에 안은, 꽤 높은 농장을 도피처로 정한 것이 그 무렵이었다. 세상과 완전 차단된 곳은 아니지만 애써 사람을 청하지 않으면 그나마 '관계'에서 오는 복잡함은 덜만 했다. 때맞춰 쌀밥도 거기로 들어왔다.

녀석은 아직 내 손이 필요한, 갓 젖 뗀 애송이었다. 맑고 투명한 눈망울을 가진 순백의 털복숭이, 그 뽀송한 솜털 때문에 '쌀밥'이라 불렀다. 나는 아직도 동물에게 애완이라는 수식어를 붙이는 것이 마뜩찮다. 하물며 반려라는 단어에는 오죽했으랴. 당연히 처음엔 쌀밥도 내 손을 탄 강아지는 아니었다. 쌀밥은 그저 집 지키는 동물일 뿐이었다.

해가 지면 종일 채워 뒀던 쌀밥의 목줄을 풀었다. 밤이나마 '자유'를 주겠다는 배려보다 혹시 있을지 모를 산짐승의 해코지를 쌀밥에 기대어 모면하겠다는 얄팍한 이기심 때문이었다. 무엇보다도, 알아듣든 말든 녀석에게 혼잣말을 해대면 가슴이 한결 가벼워지기도 했다.

그날은 블루문의 밤이었다. 저수지 너머로 달이 오르고, 하나뿐인 창을 통해 음기가 그대로 방으로 스며들었다. 간혹 윗마을을 찾아 올라오는 자동차의 거친 엔진 소리가 달의 기운을 잠시 잊게 해줄 뿐. 양력 한 달에 두 번 뜬다는 보름달을 두고 세상은 이런저런 의미를 붙여 웅성거렸지만 고즈넉한 산마을은 평소와 다름없이 괴괴할 뿐이었다.

블루문은 유난히 크고 음산했다. 그 달빛을 밟은 채 저수지 끝자락에 세워진 소나무 정자 옆에서 마지막 방광을 비울 때였다. 줄이 풀려 행방을 몰랐던 쌀밥이 목젖이 터져라 짖으며 쏜살같이 정자 쪽으로 달려왔다. 쌀밥의 서너 걸음 앞에는 같은 속력의 시꺼먼 괴물 하나가 정자를 향해 쫓기고 있었다. 멧돼지였다.

급랭한 얼음처럼 얼어붙은 나에게 멧돼지가 도달할 찰나, 쌀밥이 멧돼지 뒷다리를 물고 넘어졌다. 달빛 아래에서도 흙이 튀고 먼지가 회오리처럼 몰아치는 것이 보였다. 쌀밥보다 배 이상 덩치 큰 멧돼지는 다리를 물린 채 괴성과 함께 정자 앞을 뒹굴었다. 그 덕분에 얼음 공주의 마법에서 풀린 나는 잽싸게 방으로 뛰어 들어갔다. 돌아보면 야박한 처사였지만, 오직 그 자리를 피해야 한다는 생각밖에 없었다. 이런 일을 대비해 설치해 둔 농장 비상등을 켤 엄두도 내지 못했다.

얼마나 지났을까. 멧돼지의 꽥꽥거리는 소리가 잦아들고 농장은 다시 밤의 정적 속으로 빠져들었다. 바깥 상황이 궁금하기는 했지만, 끝내 창밖을 내다보지 못했다. 밤새 이불 속에서 오한으로 떨었을 뿐.

여느 때와 같이, 아침은 왔고 나는 어제의 비겁함을 감추며 쌀밥의 안위를 살폈다. 녀석은 간밤의 흔적만 정자 앞에 남긴 채 평소처럼 우리 속에 누워 있었다. 몸의 반쯤은 안에 들어 있고 머리는 비죽하게 나온 채로. 그러나 쌀밥은 이미 어제의 쌀밥이 아니었다. 주둥이 주변은 벌겋게 피로 물들었고 옆구리는 군데군데 찢겨 말라붙은 피로 검은 빛을 띠었다. 그 모습은 자칫 내가 겪었을지도 모를 참상이었다. 그 와중에도 쌀밥은 겨우 고개를 들어 나의 등장에 반가운 꼬리를 흔들고 있었다.

기별을 듣고 아랫동네 사는 매형이 올라왔다. 매형은 개에 관한 한 전문가였다. 쌀밥의 상처를 살펴본 후 여기저기 소독을 하고 상처를 꿰매곤 연고를 발라 주었다.

그게 치료의 끝이었다.

"개안타. 근데 안 죽은 게 다행이다. 혼자서 멧돼지랑 싸우다니…."

쌀밥은 진돗개 백구의 잡종이다. 여러 피가 섞여, 모양은 진돗개지만 족보는 흔한 똥개에 가까웠다. 그날 쌀밥은 위험에 처한 나를 위해 제 몸속에 눈곱만큼 남은 진돗개의 본능을 혼신으로 끄집어냈던 것이다. 첫 주인을 평생 잊지 않는다는 진돗개 앞에, 가족이라는 세상 가장 귀한 매듭조차 가차 없이 끊어 낸 나의 이기심이 부끄럽기만 했다.

매형의 처방처럼 얼마 지나지 않아 쌀밥은 다시 꼬리를 흔들며 평상을 되찾았다. 멧돼지가 남긴 상처도 아물어갔다. 고작 세 치 혀로 남을 해치고, 제 눈의 들보는 보지 못한 채 남의 눈의 티끌 탓만 했던 나에게, 쌀밥은 '더불어 사는' 법을 몸으로 보여 주었다. 하지만 낮에도 목줄을 풀어 주고 목욕으로 순백의 털을 찾게 해준 것 말고는 딱히 해준 건 없었다. 그래도 쌀밥은 옷에 붙은 도깨비바늘처럼 종일 내 주변을 떠나지 않았다.

목줄에서 해방되니 쌀밥은 동네 수캐들과 종종 사랑에 빠졌다. 검은 개와는 '탄밥'이란 애비 닮은 까만 새끼를, 누렁개와는 '보리밥'을 선물해 주었다. 쌀밥은 크든 작든, 희든 검든 품에 든 새끼들과 농장을 누비며 곳곳에 생기를 불어 넣었고, 그 덕분인지 내 마음병도 빠르게 호전되었다. 나는 다시 세상과 싸워 볼 힘을 얻어 도시로 내려왔지만, 쌀밥은 여전히 농장을 지키며 터주 노릇을 다했다.

열두 살. 쌀밥이 짧은 생을 마친 날, 나는 기회가 오면 '쌀밥전傳'을 글로 남기리라 다짐했다. 그것이 내가 녀석에게 바치는 유일한 진혼곡이었기 때문이다.

아버지의 혼불

버스가 시내를 벗어나자 속도감이 완연해진다. 서너 시간의 여유 탓인지, 조금 전까지만 해도 도탑게 인사를 나누던 일행들이 하나둘 노루잠을 청하고 있다. 차분하게 비 오는 날의 서정을 누리기에 제격인 분위기다.

살며시 커튼을 들추어 바깥을 살핀다. 출발할 때 쏟아지던 발비는 어느새 실비로 잦아들고 있다. 빗방울은 버스의 속도감에 끈질기게 저항하며 유리창으로 몸을 던진다. 그러나 빗살무늬의 긴 빗금을 긋곤 이내 허공으로 튕겨 나간다. 속도에서 탈락한 빗방울들은 뒤따라오는 차의 전조등에 투사되어 폭죽처럼 부서져 내린다.

허공으로 점묘되어지는 빛의 파편들은 오래전 고향의 밤하늘을 물들이던 반딧불이의 군무와 오버랩된다. 망연하게 비와 반딧불이의 추억을 오가다 문득 내 기억 한 켠에 켜켜이 묵혀있던 불덩이 하나를 발견한다. 오랫동안 내 안에 터주처럼 들앉아 트라우마가 되던 것이다. 일순 머리끝으로 찌릿찌릿 정전기가 일고 온 몸이 근질거린다. 그날도 그랬다.

"야야, 일어나바라. 너그 아부지 또 숨이 안 잽힌대이."

어머니의 목소리가 깔딱잠에 빠진 나를 깨웠다. 하지만 어제도, 그제도 온 집안에 곡소리를 터지게 만들었던 아버지다. 급박한 상황에도 내성이 생긴 것인지, 내 움직임은 굼뜨기만 했다.

숨바꼭질을 하듯, 아버지의 숨은 벌써 사흘 밤낮 동안 정지와 운행을 반복했다. 잠시 잠깐 아버지 곁을 지키던 자식들과 달리 어머니는 금강경을 외며 몇 날 며칠을 뜬

눈으로 밤을 새웠다. 어머니의 다급한 호출에 잠기를 털어내며 아버지 코에 검지를 대본다. 들고 나는 호흡이 없었다. 부릅뜬 눈만 나에게 무언가를 말하려는 듯 끝까지 초점을 놓지 않고 있을 뿐.

어머니가 손으로 아버지 눈을 쓰윽 문지르자 거짓말처럼 눈꺼풀이 내려앉았다.

"인제는 증말 가는 갑다. 창문부터 모조리 다 열어뿌라. 나무관세음보살." 어머니는 연신 꽉 쥔 염주를 돌리며 '관세음보살, 관세음보살'을 읊조렸다. 흠집 난 레코드판이 같은 음절만을 반복 재생하듯.

아버지방의 쪽창이 열리자, 음력 유월답지 않은 밤바람이 서늘하게 흘러들었다. 눈이 어둠에 채 적응하기도 전에, 하늘엔 동전 크기의 불덩이가 어둠 속에 잠시 머물다 미확인 물체보다 빠르게 사라졌다. 마치 대보름 쥐불놀이 때, 동심원에서 떨어져 나간 끄트리불이 사선을 긋고 먼 우주로 사라지던 것처럼. 그 불의 잔상이 망막에서 사라질 때쯤 내 몸에는 찬물을 끼얹은 듯 소름이 돋았고 머리끝엔 정전기가 일었다.

"엄니, 저거 도깨비불 아인교?"

나는 소스라치게 놀라 불이 사라진 쪽을 가리키며 괴성을 질렀다.

"그기 혼불일꺼로? 너거 아부지 혼줄이 끊어져서 하늘에 불로 뜬기다."

어머니는 연거푸 '아미타불'을 뱉어내며 열린 창밖을 향해 머리를 조아렸다. 육과 혼이 이어져 평생 아버지의 삶을 쥐락펴락했다는 혼줄. 그 줄이 끊어지면 육신은 흙으로 돌아가지만 혼은 불이 되어 공중으로 떠오른다. 그 불을 신호로 저승사자는 아버지를 긴긴 황천으로 인도하는 것이란다.

그 순간 어머니의 이야기가 마치 오래전 납량특집처럼 오싹한 소름으로 귓가를 맴돌았다. 수명을 다하기 직전 몸에서 빠져나간다는 영혼의 불. 공동묘지의 도깨비불 같았던 아버지의 혼불은 그날 이후 죽음에 대한 트라우마로 남아 나를 괴롭혔다.

아버지는 6남매의 넷째로 태어났다. 빈농의 부모에게 물려받은 것이라야 튼실한 몸 하나가 전부였지만, 아버지는 농사일보다 배움에 더 목말라 했다. 그럴 때마다 할머니의 지청구는 귀가 따갑도록 쏟아졌고, 그럴수록 아버지는 밭일보다는 이웃에 사는 일본서 유학한 친구와 어울려 밖으로만 나돌았다.

좌우의 이념대립으로 혼란했던 해방 직후, 아버지는 그 친구와 어울렸다가 사상의 멍석말이를 당했다. 배고픈 친구의 한 끼를 챙기고 한뎃잠을 면하게 해주었다는 것이 죄목이었다. 사상과 이념의 뜻조차 모른 채 멍석 위로 쏟아지는 매타작을 오롯이 몸으로 받아낸 아버지는 평생 폐를 다스려야 할 만큼 심한 후유증에 시달렸다.

"송장 칠거라고 작정했는데, 목심이란 게 참 숭하게도 질기더라."

그날 이후 어머니는 아버지가 요강에 쏟아내는 누른 고름덩이를 비우는 게 일과였고, 폐에 영험하다는 먹거리 마련에 밤을 새우기 일쑤였다. 덕분에 아버지는 며칠쯤 혼이 나가 있었지만 끝내 목숨줄은 놓지 않았다.

채 추스르지 못한 몸으로 내몰린 전쟁터에서도 삶과 죽음의 경계를 무수히 넘나들었을 것이다. 우박처럼 쏟아지는 포탄 속에서 혼줄만은 모질게 붙잡았던 아버지다. 오로지 소총 하나에 목숨을 걸어야 했던 전장, 결국 아버지는 낙동강 최후 방어선 참호 속으로 날아든 포탄에 큰 부상을 당하게 되었다. 후송된 군병원에서 아버지는 마치 달팽이처럼 침상에 웅크린 채 악착같이 혼줄을 붙들고 있었단다. 탯줄 대신 얻은 아버지의 혼줄은 쇠심줄보다 질겼던 셈이다.

조기 전역으로 돌아온 고향동네는 더 이상 상한 몸과 마음을 뉠 안식처는 아니었다. 결국 아버지는 야반도주하듯 식솔을 이끌고 도시로 나왔다. 고작 스무 살, 꽃 같은 어머니에게 가장이라는 험난한 자리를 넘겨주었던 것도 그 무렵이었다.

전쟁이 분단의 선을 남겼다면, 전쟁처럼 지나온 아버지의 시간도 당신의 삶을 두 동강 내어버렸다. 건강하고 혈기왕성했던 아버지는 과거 속에만 존재하였다. 아버지는 그때로 되돌아갈 수도 없었고, 되돌아갈 의욕도 챙기지 못하였다. 생계와 자식교육은 당연히 어머니의 몫이었다. 텅 빈 집에서 아버지는 혼자 화투 패를 뜬다든지 공터 평상을 지키며 무료한 볕바라기를 하는 것이 하루의 전부였다. 줄줄이 커가는 자식들이 밥을 굶든 학교를 빠지든, 아버지가 할 수 있는 가장 노릇이란 그 어디에도 없었다.

학교에서 돌아오면 장지문을 통해 들리던 아버지의 기침소리만 우리를 기다렸고, 어머니는 언제나 부재중이었다. 결국 어머니의 등은 나이 오십에 일흔 노인처럼 수북해졌다. 내가 아버지에게 애증의 옹이를 키우던 시기도 그때부터였으리라. 어머니의 어깨가 처질수록 나는 아버지를 밀쳐냈고, 알게 모르게 아버지의 무능에 대한 원망의 뿌리를 키워갔던 것 같다. 내 혼란스러웠던 성장기를 모조리 아버지 탓으로만 돌리며. 그렇게 맞은 아버지와의 이별. 혼불이 트라우마가 된 것은 단 한 번도 아버지의 삶을 진중하게 들여다보려 하지 않았다는 자책감 때문인지도 모른다. 그날 밤 부릅뜬 눈에서 당신의 뼈아픈 회한을 읽지 못했던 나도 어느새 그때의 아버지만큼 세월을 껴입었다. 아비로, 남편으로, 한 남자로 아버지의 아픔을 속속들이 체감할 나이가 되었건만, 이미 단 한마디 위로의 말도 건넬 수 없다는 사실이 가슴을 먹먹하게 만든다.

버스는 빗속을 뚫고 달리지만, 나는 아버지의 마지막 밤에 붙박이처럼 멈춰 서 있다. 이제는 소용없어진 후회만 빗물처럼 내 안을 축축하게 흘러내린다.

김용삼 | 2019 《월간문학》 2019 《에세이스트》 등단
제30회 신라문학대상 수필 당선
2021 《에세이스트》 올해의 작품상, 2021 《좋은수필》 올해의 작품상 수상

굽 외 2편

|

이상수

soo8562@hanmail.net

낡은 꿈 한 켤레가 유물처럼 앉아 있다. 신발장 안쪽, 오래전에 넣어 둔 하이힐 한 켤레를 본다. 배의 이물처럼 둥근 코는 군데군데 허물이 벗겨지고 반짝이던 시간은 윤기를 잃어버렸다. 먼지 뽀얗게 뒤집어쓴 깊은 동면을 보니 마음 한켠이 쓸쓸해진다. 구두코 도도하게 세우던 나날들은 다 어디로 간 걸까?

여자에게 하이힐은 특별한 존재다. 다리 길고 종아리 날씬하게 보이는 미적인 역할도 하지만 뾰족한 모양은 곧추세우고 싶은 여자의 자존심을 잘 표현해 준다. 기원전 이백 년경 로마 배우들이 자신의 역할에 맞게 키를 조절할 의도로 통굽 샌들을 신은 것이 그 시초가 되었다고 한다. 쓰레기나 먼지를 피하는 용도로 사용되기도 했으나 마법 같은 기능을 발견한 뒤론 여자의 전용물이 되었다. 하이힐 위에서 여자의 콧대는 마디마디 세워지고 양어깨는 비상하는 새의 자태처럼 결연해진다.

초등학교 땐 키가 작아 맨 앞줄에서 벗어나지 못했다. 한두 살 더 많은 동급생 사이에서 나는 언제나 물에 기름처럼 겉돌았다. 비스듬히 내려다보는 그들에게 눈 맞추려 까치발을 하거나 높은 곳에 올라서기도 했지만 내 정수리는 언제나 키 큰 아이들 턱 아래 있었다.

읍내에 있는 중학교로 진학해서도 여전히 앞줄은 내 차지였다. 오히려 학생들 수가 네 배로 불어나면서 점점 왜소해져만 갔다. 평범한 성적으론 선생님들의 눈에 띄지 못했고 소극적인 성격으로 친구들에게 선뜻 다가가지도 못했다. 재미없어 교실 한쪽에 오래 방치된 동화책처럼 아무도 나를 들추어 주지 않았다.

무의미한 시간들이 계속되던 어느 날, 국어 선생님이 자신의 얼굴에 대해 지은 작문을 읽어 주었다. 놀랍게도 그 글은 내가 쓴 것이었다. 칭찬이 이어졌고 나는 움츠렸던 어깨를 두어 번 으쓱거렸다. 그날 이후 어렴풋이 알게 되었다. 내 안에 숨어 있는 작고 단단한 굽의 존재를.

마릴린 먼로는 한 쪽 굽을 짧게 만들어 뒤뚱거리는 걸음을 연출했고 섹시한 귀여움은 그녀를 성공의 반열에 앉혔다. 클레오파트라는 궁전도, 도시도, 나라도 없었지만 누구보다도 높았던 콧대와 언변으로 뭇 남성과 제국을 손아귀에 넣었다. 시대가 변해 존중받는 여자들이 많아진 것은 어쩌면 하이힐 덕분인지도 모른다. 그 매력은 아찔한 위태로움에 있다. 턱을 곧추세우고 콧대를 높이며 가슴을 내밀어 자아와 세계를 정복하려 한다. 저녁이면 퉁퉁 부은 다리를 맥주병으로 힘들게 마사지하는 한이 있더라도.

고등학교 때는 운동화와 더불어 학생용 구두를 신을 수 있었다. 몇 달 치 용돈을 모아 굽이 높은 구두를 맞췄다. 키가 비슷했던 친구의 정수리가 하얗게 들여다보이고 올려다보았던 눈을 마주 보는 짜릿함이 있었다. 그때부터였을까. 두꺼운 고전 속의 주인공 흉내를 내며 동급생들을 내려다보게 된 것이. 그 환상의 굽은 다른 사람과 나를 특별하게 구분 짓는 자존심이 되었다.

대학에 들어가고 난 후, 마침내 새빨간 에나멜 구두 한 켤레를 샀다. 돋보이고 싶은 욕망으로 앞머리를 세우고 마스카라를 이용해 속눈썹을 올리기도 했다. 사서四書를 읽고 해석하는 모임인 윤독회輪讀會에 나가게 된 것도 남보다 달라 보이려는 마음에서였을 것이다. 인문관 앞 넓은 잔디밭에 빙 둘러앉아 정해진 분량만큼 더듬더듬 발표를 끝내고 나면 도도함도 한 뼘 더 높아져 있었다. 콧대가 세다고 수군대는 사람들의 흉을 귓전으로 흘려들으면서 내 굽은 구름까지 닿고 싶었다.

굽 있는 구두를 신는다는 것은 일상에서 반음을 올리는 행위와 같다. 피아노 앞에서 검은 건반을 두드리는 순간, 그것은 음의 이탈이면서 새로운 리듬을 선사한다. 두 발을 모으고 공중으로 폴짝 뛰는 발레의 발롱도 이와 마찬가지이리라. 십 센티미터도 안 되는 왜소한 높이나 체격 어디에 굽은 그 많은 자신감을 가지고 있는 것일까? 하이힐을 신으면 어디든 갈 수 있고 어떤 일이든 할 수 있을 것 같은 기분이 된다. 그것은 어쩌면 지상에서 살짝 발을 떼는 순간 그 반중력감이 주는 마취제 같은 쾌감 때문인지도 모르겠다.

이상과 꿈만으로 뭉쳐진 높은 굽을 신고 또박또박 사회로 걸어 나왔다. 규모가 작은 학원에서 수업의 기술을 터득해 독립했다. 내 이름을 걸고 개인적으로 하던 수업은 입소문을 탔다. 타인의 인정과 평가를 통해 존재 가치를 지니게 되었고 경제적으로 여유도 생겼다. 굽은 조금씩 높아졌고 자존감은 하늘을 찔렀다. 누구나 부러워하는 위치에서 만족하지 않고 또 다른 욕망을 꿈꾸기 시작했다.

새로 맡은 영업직은 자신만만했다. 계약은 순조로워 스무여 명의 입사 동기 중에 선두 그룹에 속했다. 주위의 칭찬과 내 욕구가 맞아떨어져 승승장구했고 마약과도 같은 달콤함에 빠져들었다. 한껏 높아진 굽은 구름 위를 걷는 듯 아찔했지만 거기서 내려올 생각은 없었다.

더 높이, 더 멀리 나아가리라.

그러던 어느 날, 무리한 계약으로 그만 바닥에 곤두박
질치고 말았다. 그때까지 손에 쥐고 있던 믿음은 한순간
에 신기루처럼 사라졌다. 물질적 피해는 물론 정신적으
로도 공황이 찾아왔다. 성공이라고 생각했던 것들이 야
멸차게 등을 돌렸고 내 굽은 그만 높이를 잃고 말았다.

피난처를 찾아 서둘러 결혼했고 나의 굽은 남편과 아
이들 속에 감추어져 버렸다. 하이힐을 벗어 신발장 안에
넣은 후 낮고 편한 신발을 꺼냈다. 현실은 그다지 이상
적이지도 않고 꿈처럼 우아하지도 않다며 스스로 나를
위로했다. 쳇바퀴처럼 반복되는 생활의 무미건조함에
익숙해지면서 더 이상 꿈을 꾸지 않았다.

돌아보니 내 젊은 시절은 언제나 꿈꾸던 나날이었다.
여자라는 말에 갇히지 않기 위하여, 남들과 구별되는 나
만의 정체성을 위하여 분주하게 뛰어다녔다. 너무 큰 욕
망 탓에 더러 실패도 있었지만 그 과정을 준비했던 순간
순간들은 내가 살아가는 이유가 되었다. 한때, 꿈이라는
굽이 없었다면 삶의 가치가 순금처럼 빛날 수 있었을까?

구두를 꺼내 닦으니 먼지 속에 숨어 있던 어제들이 기지개를 켠다. 조금 더 큰 나를 위해, 더 높고 더 우아한 나를 위해, 아프면서 넘어지면서 일어서면서 살아 낸 청춘의 시절이 새삼 그립다. 구두 속에 조심스럽게 발을 넣어 본다. 발롱! 기다렸다는 듯 한 옥타브 높아진 굽이 나를 살짝 공중으로 밀어 올린다.

허밍

콧노래를 흥얼거린다.

비가 그친 맑은 아침, 좁은 도랑을 끼고 걷는다. 바닥까지 훤히 들여다보이는 시냇물은 제 무게를 덜어내고 맑은 음색으로 흐른다. 공중에서 서핑 중인 나비는 온몸으로 음표를 그리며 리듬을 탄다. 노랑턱멧새가 머리 위에서 박자를 맞춘다. 산책을 하는 발걸음이 구름처럼 가볍다.

허밍은 입을 다물고 부르는 노래이다. 소리를 세게 내면 무겁고 둔탁해지니 가볍게 숨을 내보내듯 불러 준다. 크게 울리지 않고 가사를 읊을 수 없으나 특수한 음색 효과를 얻을 수 있어 합창에서 많이 쓰인다. 1초에 80번 이상 날갯짓하며 꿀을 먹는 벌새를 허밍 버드라 부르고 팽이가 윙윙거리며 돌아가는 소리도 허밍이라 한다.

밀란 쿤데라의《참을 수 없는 존재의 가벼움》을 읽으면 인생을 가볍게 살 것인가, 무겁게 살 것인가를 두고 고민하게 된다. 니체는 영원회귀를 주장하며 다시 태어나도 같은 삶을 살 것이기에 가볍게 살라 했고, 기원전의 파르메니데스는 가벼운 것이 긍정적이라고 일렀다.

산책길에서 만나는 것은 모두 가벼워 보인다. 어린 새싹은 벌레에 갉아 먹힐 것을 염려치 않고, 배부른 벌레는 새의 부리를 두려워하지 않는다. 비좁은 돌 틈에 싹을 틔운 질경이도 주어진 환경에 충실하게 살아갈 뿐 미래를 걱정하지 않는다. 하루하루 버거운 삶을 살아 내야 하는 이는 사람뿐인 듯하다.

멀리서 허밍 코러스가 들려온다.

푸치니의 '나비부인'에 나오는 허밍 코러스는 미묘하게 불안하고 왠지 모를 슬픔으로 가득 차있다. 게이샤인 주인공은 미군 장교를 만나 결혼하나 남편은 미국으로 돌아가 버린다. 울새가 둥지를 트는 계절이 되면 돌아올 거라고 굳게 믿었던 그녀는 3년 동안 홀로 아이를 키우며 기다린다. 어느 날 밤, 드디어 남편이 탄 배가 항구에 들어오지만 그는 끝내 찾아오지 않는다. 주인공의 심정은 참담하게 무너져 내리고 항구에서는 선원들이 부르는 허밍이 들려온다.

엄마가 파킨슨 진단을 받은 지 몇 년이 지났다. 누군가의 도움이 없으면 일상생활이 어렵고 상태는 점점 나빠지고 있다. 이성이 빠져나간 자리를 본능이 채우며 점점 어린아이로 돌아가는 중이다. 남의 손에 맡기지 않고 돌보는 것은 쉽지 않은 일이다. 남은 생이 얼마인지 알 수 없기에 가끔 아득해지기도 한다.

건강은 예전 같지 않고 아직 자리 잡지 못한 아이들을

생각하면 어깨가 무겁다. 얼마 남지 않은 남편의 정년과 퇴직 후 살아 내야 할 긴 시간을 생각하면 초조해진다. 다른 사람과 견주어 손에 든 것을 비교하며 주눅이 든다. 수십 년을 살아도 남편과 여전히 다툴 일이 생긴다. 부부 싸움에도 총량의 법칙이 있는 걸까. 사소한 잔소리에서 시작해 서로의 신경을 긁으며 교란전을 벌인다. 남편이 자신의 공간에 틀어박히면 쌀가마니가 가슴에 얹힌 듯 답답하다. 이 불편한 감정을 해소할 방법은 없을까?

혹등고래의 허밍이 가볍게 파도를 넘는다.

매년 8,000㎞에 달하는 거리를 이동하며 전 세계에 퍼져 사는 혹등고래는 새끼에게 젖을 물려 키운다. 고래 중에서는 가장 다양한 음색을 가지고 있어, 마음의 위로나 안정이 필요한 사람들에게 자주 들려준다고 한다. 깊은 바다의 물살을 온몸으로 익힌 노래는 마치 사람의 언어처럼 높낮이를 가진다. 가만히 귀 기울이고 있노라면 긴장했던 마음이 느슨해지고 어느새 나도 그 곁에서 가볍게 파도를 넘는다.

흔히 우리는 가벼운 것을 공기에 비유하곤 한다. 그러나 과학자들은 무게를 정확한 수치로 매겨 놓았다. 헬륨 풍선이 하늘로 떠오를 수 있는 것은 그보다 가볍기 때문이다. 우리를 짓누르는 것만큼 우리 내부에서도 공기를 밀어내기에 무게를 느끼지 못할 뿐이다. 레일 위를 떠가는 자기부상 열차와 공중을 가볍게 뛰어오르는 체조 선수는 자신의 무게를 버리는 방법을 이미 터득한 고수라 할 만하다.

한 번 주어진 삶은 소중하므로 진지하게 살아야 한다고들 한다. 그러나 세상에는 기쁨도 있지만 극복해야 할 고난도 많다. 짜인 시간표대로 살아가다가도 일탈의 느슨함이 필요할 때가 있다. 조금은 덜 치열하고 덜 경쟁적으로 살아도 삶이 무너져 내리지는 않으리라.

후에 엄마가 돌아가시면 눈을 맞추며 간간이 나누던 대화가 그리울 것 같다. 아이들에게 아직은 손길이 필요하던 그때가 나의 바비레따였음을 떠올릴 것이다. 정년이 오기 전 그래도 사회에서 활동하던 남편의 한때가 자랑스러우리라. 어차피 내려놓을 수 없는 무게라면 욕심과 걱정을 덜고 가볍게 살 일이다.

연못에서 잉어들이 한가롭게 헤엄치고 있다.

코로나가 세상을 장악한 요즘, 모두 마스크를 낀 채 거리를 두며 생활한다. 그동안 우리는 내면의 세계는 무시한 채 너무 타인 지향적으로만 살아왔는지 모른다. 쓸데없이 많은 말을 하면서 살았기에 코로나가 입에 재갈을 물린지도. 이번 기회에 소란했던 것들을 버리고 스스로 안으로 침잠해 보는 시간을 가지는 건 어떨까 싶다.

느릿느릿 꼬리를 저으며 잉어가 움직인다. 물고기는 지금 온몸으로 노래를 하는 중인지도 모르겠다. 소리 나지 않는 허밍으로. '나비부인'은 허밍을 들으며 끓어오르는 격정을 가라앉히고 점점 평정을 되찾았으리라. 젊은 날 불치병을 얻은 친구는 남겨진 삶을 선물처럼 여기며 즐겁게 살고 있다. 무겁다는 것은 덜어낼 수 있고 결국은 가벼워진다는 의미가 아닐까.

갈맷빛 저수지 수면 위로 뭉게구름이 유유히 흘러간
다. 구름도 허밍 중이다.

샴 고양이와 놀기

부드러운 꼬리가 햇살을 사냥한다. 살랑살랑 흔들다 바닥을 탁탁 치기도 하고 뱅글뱅글 돌다 왈칵 잡기도 한다. 비 갠 뒤, 오랜만의 햇살은 일용할 양식이다. 고양이 꼬리를 일본에서는 행복이라 부르기도 한다는데 샤미는 지금 행복을 잡는 중일까?

샤미를 만난 건 작은 아이가 고 3이 되던 해였다. 입시 스트레스를 조금이라도 줄여 주고 싶어 동물을 입양하기로 했다. 살가운 강아지가 아니라 도도한 고양이를 선택한 것은 내 일상에 끼어 들어 칭얼대며 귀찮게 하지 않으리라는 이유 때문이었다. 어쩌면 타인의 일엔 전혀 관심 없는 듯한 무심함과 눈치 보지 않고 원하는 바를 요구하는 당당함, 세상이 두 쪽 나도 제 기분에 충실한 것이 선택을 결정 짓게 한 것인지도 모르겠다.

짧고 고운 털을 가진 태국산 샴고양이인 샤미는 다른 종보다 꼬리와 다리가 길고 날씬하다. 크림색 속 털 위에 귀를 비롯한 얼굴과 발, 꼬리는 초콜릿색으로 덮여 있다. 야성적이고 독립적인 다른 고양이와 달리 사람을 좋아하고 관심을 받고 싶어 한다. 내가 앓고 있을 때는 가까이 다가와 그루밍해주고 마음이 심란할 땐 살며시 손도 잡아 주는 다정한 아이다.

아득한 옛날, 페르시아의 전설적 영웅 루스탐이 군대를 이끌고 가다 도둑 떼에 잡혀 곤욕을 치르는 한 노인을 구해 주었다. 마술사였던 노인은 아름다운 것을 선물해 은혜를 갚고자 했지만 정중히 거절당했다. 그러자 모닥불에서 피어오르는 연기 한 줌과 빨간 불길 한 자락, 그리고 가장 빛나는 별 두 개를 따 고이 모아 쥐고 '후'

하고 숨을 불어넣었다. 살며시 열린 손바닥 위에는 잿빛 털과 하늘의 별처럼 반짝이는 두 눈과 빨간 불길 같은 앙증맞은 혀를 가진 새끼 고양이 한 마리가 앉아 있었다. 그렇게 고양이는 인간의 곁으로 왔다.

창가에서 일광욕하며 샤미는 혼자만의 시간을 즐기는 중이다. 무심한 표정으로 오른쪽 다리를 핥다가 치켜들어 귀를 비빈다. 유연하게 목을 휘감으며 털을 고르고 뱃가죽을 지나 발가락 사이도 꼼꼼하게 닦는다. 다시 왼쪽 다리를 치켜들어 핥아 대다 귀를 턴다. 언제 어디서나 우아함을 잃지 않는 것은 자신에게 철저한 완벽 주의자이기 때문이리라.

샤미가 갑자기 고개를 들더니 창밖을 향해 풀쩍 뛰어오른다. 새 한 마리가 공기를 가르며 날고 있다. 창문에 부딪혀가며 도약해 보지만 재빠르게 시야에서 사라져 버린다. 아쉬웠던지 사냥용 장난감을 물고 와 훈련에 돌입한다. 모조 사냥감에서 한 발 떨어져 몸을 낮추고 명징한 눈빛을 보내며 공격할 타이밍을 노린다. 다시는 실패하지 않으려는 저 철저함이 고양이를 고양이로 만드는 것일까.

언제부턴가 내 집중력은 눈에 띄게 흐려졌다. 책을 읽다가도 딴생각에 빠져들고 일의 순서를 놓치기 일쑤다. 야망과 호기심은 흔적 없이 사라졌고 스스로 높은 벽을 세우고 뛰어오를 생각조차 하지 않는다. 세상을 보는 넓은 안목을 가질 생각도 없이 손바닥만 한 세계에 만족하며 하루하루를 살아간다. 안락한 삶이 내 감각을 무디게 하는 것도 모르는 채 그저 내일도 오늘과 같이 평온하기를 바란다.

개와 고양이는 다른 점이 많다. 속도와 인내심이 개의 장점이라면 유연성은 고양이의 전유물이다. 두려움을 대하는 자세도 달라서 개는 귀를 약간 젖히고 다리 사이로 꼬리를 말아 항복하지만 고양이는 몸에 있는 털을 모두 세우고 꼬리도 크게 부풀리며 당당히 맞선다.

샤미의 하악질을 보고 있노라면 괜스레 부끄러워진다. 살면서 나는 저처럼 삶에 대해 당당한 적이 있었던가? 많이 가진 이에겐 괜히 주눅 들었고 큰 소리 앞에선 슬그머니 목소리를 낮추기도 했다. 옳은 일엔 주저했고 부정한 것은 애써 외면했다. 세계의 모순과 부조리 앞에서 한 번도 결연하게 맞서 본 적이 없으니 샤미에게서 배우는 점이 많다.

중국 신화에는 세계가 처음 창조되었을 때의 이야기가 나온다. 신들은 고양이로 하여금 세상이 부드럽게 돌아가는지 돌보게 하는 한편, 다른 동물을 보살피는 임무를 맡겼다. 소통하고 지시를 내릴 수 있도록 언어능력을 부여했다. 하지만 고양이들은 벚나무 아래에서 잠을 자고 휘날리는 꽃잎 속에서 뛰어 노는 게 더 좋았다. 고양이가 고사한 그 자리를 인간이 물려받았다. 그날 이후 인간들은 언어를 가진 대가로 바삐 움직이고 고양이들은 향기로운 햇볕을 쬐며 세상이 주는 기쁨을 즐기게 되었다.

말을 버린 것은 쓸데없는 구설에 휘말리지 않으려는 고도의 전술이 아니었을까. 지시하는 자리를 마다한 것은 미연에 암투를 방지하려는 것이었는지도 모른다. 목 아래를 살살 쓸어 올리며 물어본다. 샤미는 다만 눈을 지그시 감고 턱을 위로 지켜 들며 말한다. "한쪽으로 비켜서 주시겠어요? 햇빛이 가려지지 않게요."

어느 날, 외출했다 돌아오니 샤미가 오른발을 절뚝이며 걸었다. 사람의 손길을 좋아해 늘 부비부비 원하더니 구석에 혼자 웅크리고 앉아 아픈 다리를 핥고 있었다. 가까이 다가가 만지면 비명을 질렀다. 아파트 2~3층 높이에서도 안전하게 착지할 수 있다는 고양이가 다리를 절뚝이다니, 부랴부랴 동물 병원으로 달려가 엑스레이를 찍었지만 수의사도 이유를 알지 못했다. 다행히 하루치 약을 먹고 회복했지만 나에게 받고 싶은 관심과 본능적인 무관심의 경계에서 줄타기하다 떨어진 것은 아니었을까.

넘치는 것은 언제나 화를 부른다. 움켜쥐려고 하면 자칫 집착하기 쉽고 놓아 버리면 방임이 된다. 욕심내지 않고 일정한 거리를 유지하기가 어디 쉬운 일인가. 운명이라고 생각했던 인연도 언제든지 끊어질 수 있기에 진심으로 대하되 지나친 공을 들이지 않으려 하지만 집착과 방임 사이에서 나도 자주 낙마를 하곤 한다.

비어 있는 샤미의 밥그릇을 채운다. 채우기 위해 언제

나 고군분투하는 인간과 달리 배고프다고 허겁지겁 달려들지 않는다. 배부르게 먹는 일 없이 늘 정갈한 식사를 한다. 열심히 살아내도 모자라는 게 인간의 삶이라면 느긋하게 살아도 남는 게 고양이의 삶일까. 소유를 위해 제 기력을 소모하지 않는 관조자의 삶을 배워야 할 것 같다.

무릎에 올라온 샤미가 나를 쳐다본다. 커다란 사파이어 같은 눈동자는 잔잔한 우유니 호수에 떠 있는 작은 섬 같다. 둥근 심안을 들여다보고 있으면 마음이 고요해진다. 샤미가 둥글게 몸을 말고 잠이 든다. 나는 페르시아 마술사가 되어 '후!' 하고 수염 난 얼굴에 입김을 불어넣는다. 그러자 허공에 모닥불이 일어나고 연기가 피어오른다. 올려다보는 밤하늘엔 가장 빛나는 별 두 개가 나를 보며 웃는다.

이상수 | 2020 《에세이문학》 가을 추천완료
2019 신라문학대상 수필 〈차심〉 당선
2020 영주일보 수필 〈황동나비경첩〉 당선

44대손, 자, 이한얼 외 2편

이 한 얼
e-lain@hanmail.net

　이삿짐을 정리하다 눈에 띄는 보자기 꾸러미를 발견했다. 먼지 앉은 싸개는 엉성하지만 단단하게 묶여 있다. 이게 여기 있었구나. 저건 이상하게도 발견할 때마다 나를 뜨끔 놀라게 한다. 가슴을 다독이며 짧은 손톱으로 매듭을 풀자 종이 묵은내부터 밀려온다. 그리고 가지런히 꽂힌 열이 넘지 않은 책들. 포스트잇으로 표시해 놓은 장을 펼치자 가장 먼저 눈에 띄는 한자와 한글이 저것이었다. 44대손, 자, 이한얼.

족보를 보고 처음 놀랐던 것이 언제였던가. 어린 나이에 처음 보게 됐을 때는 막연히 신기했다. 내 부모님, 조부모님, 친척들, 그리고 무엇보다 내 이름이 처음 보는 책에 적혀 있었으니까. 익숙한 성과 낯선 이름들 사이에 있는 저 한 줄은 꽤나 생경하면서도 익숙했고 무엇보다 마음 밑바닥을 간질이는 기묘함이 있었다. 그러다 세월이 조금 흘러 두 번째로 봤을 때는 그저 재밌었다. 기억이 가물가물한 친척의 이름을 찾아보거나 직계 조상의 계보를 따라가며 내가 보지 못한 분들은 어땠을까 상상하는 즐거움이 있었다. 그리고 세 번째로 봤을 때는 조부모 집에서 우리 집으로 그 책들을 넘겨받을 때였다. 조부모 집에서 들 때는 가볍다 싶었는데 우리 집 책장 아래 내려놓을 때는 이상하리만치 무거웠다. 그것을 찬찬히 들여다본 것도 그때였다. 아는 이름은 그 장뿐, 한 장만 넘겨도 모르는 이름이 가득하고, 다시 넘겨도 그렇다. 마치 끝이 없을 것처럼 넘기는 장 족족에 온통 모르는 이름뿐이다. 그러다 문득 묘한 방향성을 발견했다. 원류를 따라 올라갈수록 가야 할 길은 단순해졌다. 마치 강의 시작이 작은 개울이듯, 잔가지의 시작이 하나의 뿌리이듯. 당연하게도 전체적으로 보면 우리는 모두 피라미드의 일부니까. 불현듯 손에 든 이것이 조금 무서워졌다. 어떤 기분이었냐면, 조금씩 흩날리는 나뭇잎을 맞으며 저 멀리서 다가오는 태풍을 기다리는 듯했다. 언젠가 당신도, 나도, 그리고 내 아이도, 지금껏 그랬듯 앞으로도 그렇게 우리는 얇은 가지 끝에 매달렸던 흔적만 남긴 채 모르는 이름이 되어 어딘지 모르는 곳으로 영영 사라지게 되나. 그렇다면 이게 다 무슨 의미가 있지. 나는 그저 수많은 이파리 중 하나인가. 부모에게 생명을 받아 아이를 낳고 키우는 일에 어떤 의의가 있을까. 어디서 와서 어디로 가는지 모르고, 그 전과 그 후에 무엇이 있는지도 모르는데, 그냥 나 하나 잘 먹고 잘 살다 가면 되지 않나. 어차피 우리 모두 언젠가는 반드시 부스러질 가냘픈 이파리들인데. 피라미드의 조그마한 벽돌 하나일 뿐인데 과거에 미련을 두고 미래를 걱정해 무엇할까. 제행무상. 그리고 일체개고. 문득 싯다르타의 말씀이 떠올랐다.

그리고 다시 시간이 흘렀다. 그것을 네 번째로 펼친 날은 상복도 벗지 못하고 홀린 듯 꾸러미 앞에 앉았던 그날이었다. 이제 이름 석 자와 기억으로만 남은 조부의 영정 앞에서 나는 그것을 꺼내 펼쳤다. 그리고 아주 오랫동안, 다른 어디도 아닌 조부의 성함 석 자만 들여다봤다. 그리고 증조부의 석 자도. 마지막으로 아버지의 석 자도. 이상하다. 그곳에는 이제껏 알던 피라미드가 보이지 않는다. 오히려 역 피라미드뿐이다. 나를 낳아 준 이는 부모님이지만, 나는 두 분 손으로만 자라지 않았다. 부모님, 그리고 조부모님과 외조부모님, 그리고 다른 친척 어른들까지 태어나 자라나는 내게 시간을 들이고, 재물을 붓고, 정성과 관심을 쏟고, 애정과 사랑을 전했다. 아이 하나를 온전히 키우기 위해 여러 사람의 손길이 닿아 있었다. 아이의 모습은 곧 여러 의지의 집합체였다. 그 모습은 마치 뒤집힌 나무, 역 피라미드의 모습이다. 나도, 내 동생도, 내 부모님도, 부모님의 부모님도 모두 그랬다. 결국 내가 지금 들고 있는 이것은 단순히 피라미드가 아니었다. 피라미드이기 위해 그 모습이 된 것이 아닌, 무수히 많은 역 피라미드가 모이다 보니 결과적으로 피라미드의 모습을 한 것뿐이었다.

순간 눈물과 함께 탄식 섞인 웃음이 났다. 아이고, 고작 이파리 하나를 틔우기 위해 왜 그리 애쓰셨어요. 나는 나를 피라미드에 있으나 마나 한 작은 벽돌로 여겼는데, 이 좁은 별에 70억씩이나 있는 생명체 중 하나로 취급하며 살아왔는데 그런 애를 어찌 그리 애지중지 보살피셨나요. 어찌 끌어안고 입 맞추며 등을 다독이고 밥숟갈 위에 김치를 찢어주고, 어찌 편지를 쓰고 전화를 걸고 아픈 몸을 이끌고 내 방에 장판을 깔아주러 오셨나요. 나는 단지 당신들께서 몇십 년 동안 키운 아이일 뿐인데. 여기에 적힌 것만 하면 여든여덟 분께서 아이를 낳고 키우기를 포기하지 않은 결과물일 뿐인데. 더 나아가 400만 년 동안 잇고 또 잇고 계속 이어서 전달한 하나의 기적일 뿐인데. 그 누구도 포기하지 않고 아래로 미래로 계속 보냈기에 겨우 도달한, 인간이 할 수 있는 가장 위대한 대물림의 결과일 뿐인데, 어찌 그리.

그쯤 되니 내가 들고 있는 것은 더 이상 단순한 책이

아니게 됐다. 오래되어 케케묵은 종이 곰팡이 냄새의 모르는 이름들이 아니라 하나의 그림이 됐다. 그 그림은 아주 오래전, 누군가 일생 단 하나의 선을 긋고 다음 사람에게 넘긴 그림이다. 그럼 다음 사람도 한번, 그다음도 한번, 그렇게 400만 년 동안 모두 한 번만 붓을 그었고, 그동안 누구도 그 일을 포기하지 않았으며, 그렇게 수십만 개의 선이 담긴 그림이다. 그것이 결국 나에게까지 왔고, 내 손에는 단 한 번 그을 수 있는 붓이 있다. 이걸 앞에 두고 나는 붓을 내던질 수 있을까. 의미가 없다며, 살기 힘들다며, 내 한 몸 편히 지내자며 지금 이곳이 종착지가 아닐 이 그림을 과감하게 찢을 수 있을까. 아니, 절대 그럴 수 없다. 내가 이걸 깨닫기 전이라면 모를까, 내 부모와 조부모께서 붓 한 번을 긋기 위해 일평생 얼마만큼의 정념을 들이셨는지 보지 못했다면 모를까, 지금 나는 그럴 수 없다.

다만 나는 그림을 받고 붓을 키운 자는 붓을 쓸지 말지 스스로 선택해야 한다고 생각한다. 그림을 받았기에 반드시 붓을 그어 다음에게 넘겨야 한다고 여기지 않는다. 붓을 꺾고 그림을 찢기 원한다면 누구의 비난도 받지 않고 스스로 선택할 수 있어야 한다. 이 자리가 마지막이라는 자각과 그 책임을 감수할 수 있다면 그럴 수 있어야 한다. 지금 여기 우리가 이렇게 많은 것도, 세상이 힘든 여러 이유 중 하나도 타의와 상황에 의해 붓을 그은 결과라고 생각하니까. 단지 나는 그럴 수 없을 뿐, 내 선택만이 정답은 아닐 것이다.

그러니 부디 붓을 꺾기로 한 사람도, 이미 붓을 그은 사람도, 훗날 붓을 그을 사람도 모두 스스로의 선택을 긍정하며 살기를.

상자

|

　그 상자는 정해진 이름이 없다. 단지 누군가 붙여준 이름만 있을 뿐이다.

　두 손으로 간신히 받쳐 들 만큼 작은 상자는 단출하다. 원래 있었는데 지워진 건지 아니면 처음부터 없었던 건지 직사각형의 표면은 아무 무늬도 없다. 다만 꺼끌꺼끌하지 않고 매끈한 나뭇결만이 얼마나 많은 사람의 손을 탔을지 짐작케 한다. 뻑뻑하게 열리지 않는 뚜껑을 힘겹게 열어보면 내부는 더 깔끔하다. 가운데 칸막이를 기준으로 양쪽에 각각 무언가를 담을 수 있다. 예전 내가 상자를 받았을 때는 작은 불꽃과 나침반이 있었다.

열아홉의 문턱에 갓 들어섰을 때까지는 말 그대로 보통의 나날이었다. 가정과 사회가 공들여 만들어준 울타리 안에서 지극히 무난하고 평화로웠기에 자신의 삶이 안온함을 인지하지도 못한 채 살았다. 그러던 어느 날, 별안간 세상이 우르르 무너졌다. 울타리를 납작하게 으깨는 압력에 영문도 모른 채 함께 짓눌리다 정신을 차려보니 나는 폐허 한복판에 서 있었다. 그때부터 무엇이 힘들게 했는지, 누가 힘들게 하는지, 왜 힘든지도 모른 채 그저 잠시의 체온과 애정의 자취만 쫓고는 했다. 그렇게 모르는 골목에서 눈을 뜨고 처음 밟아보는 계단에서 잠이 들던 외중에 나는 당신을 만났다. 상자를 처음 알게 된 것도 그때였고, 이건 누구에게 받지 않은 이상 가질 수 없음을 알게 된 것도 그때였다. 내게 이걸 준 당신도 분명 다른 이에게 받았을 것이다. 이제는 물어볼 수 없게 됐지만.

당신은 나보다 키도 작고 가냘픈 체구였지만 차량 방

지턱에 앉아 올려다본 뒷모습은 산처럼 거대해보였다. 가슴속에 단단한 심지를 품고 자신을 불살라 주변을 밝히는 사람. 모든 기준점을 잃은 나는 신념이 가득한 당신의 눈빛에 금세 매료되었다. 당신의 뒤를 쫓아다니면서 작은 행동과 말 한 마디마저 흘리지 않고 모조리 가슴 속에 쓸어 담았다. 많은 것을 묻고 또 되물었고, 그때마다 정답이든 아니든 당신은 자신감에 찬 생각을 되돌려줬다. 그러며 내가 당신에게 사상적으로 (많은 영향을 받았다는 말이 부족할 만큼) 길들여졌음을 깨닫기도 전에 그것은 이미 내게 건너와 있었다. 불꽃과 나침반만 덩그러니 들어있는 작은 나무 상자. 이것이 무엇인지. 당신은 누구에게 받았는지. 불꽃은 알겠다 쳐도 나침반은 무슨 의미인지 어느 것도 묻지 못했다. 그때 당신은 이미 내 곁을 떠났으니까. 그저 당신이 있던 자리에 앉아 상자의 모서리를 잘근잘근 씹으며 유추할 뿐이었다.

그때부터 내게 작은 상자는 두 손으로 받쳐 들어야 할 만큼 무거웠다. 당신에게 이걸 받았을 때부터 한순간도 고맙지 않은 적이 없지만 동시에 나는 괴로웠다. 내가 이걸 받아도 되는지. 된다면 받을 수 있는지. 왜 내게 이걸 준 건지, 의문들이 수시로 나를 괴롭혔다. 내 마음 한 구석을 묵직하게 짓누르는 상자의 무게를 느끼며 지냈다. 그를 만나기 전까지.

그를 만난 것은 당신을 보내고 한참이 지난 후였다. 첫 만남에서 유난히 웅크린 어깨와 퀭한 눈으로 나를 올려다보는 모습을 보며 당신이 떠올랐다. 당신의 눈에 그때의 내가 혹시 저렇게 보였을까. 문득 그런 생각이 들었다. 그는 처음부터 나를 잘 따랐다. 마치 헤어진 피붙이처럼 나를 대했고, 많이 의지하고 기대했으며, 무엇보다 예전 내가 그랬듯이 나에게 거의 모든 것을 물어왔다. 내가 당신처럼 잘 대답했는지는 모르겠다. 그의 기대만큼 훌륭한 사람이었는지, 신념이 가득한 눈빛으로 그의 기댈 벽이 되었는지도 모르겠다. 다만, 나는 내가 할 수 있는 한 모든 대답을 했다. 그것이 옳든 그르든 신념과 사상을 숨기지 않고 드러냈다. 그리고 내게 많은 것을 묻는 아이들 중 오직 그만이 내가 밖으로 흘리는 행동과 말을 마치 자기 것처럼 집어 삼켰다. 마치 어린 나무가 쉬지 않고 자라는 것처럼, 우리가 함께 하는 시간이 길어질수록 그의 눈빛은 또렷해졌고, 영혼의 그릇이 점점 넓어지는 모습이 보였다. 그때쯤 깨달았다. 내가 그 어린 나무에게 깨끗한 물인지 아니면 썩은 거름인지 자성해보기도 전에 이미 내 상자가 그에게 복사되어 있음을. 그리고 그제야 깨달았다. 이제 내가 가진 상자가 더 이상 무겁지 않음을. 마지막으로 그것도 깨달았다. 지금 그가 품은 상자가 나만큼 가볍지 않음을. 상자를 받은 후부터 그는 내내 울면서 웃는 얼굴이다. 종종 고맙다고 말하지만 가끔은 내가 밉다고도 했다.

상자는 인의로 어찌할 수 있는 것이 아니다. 주고 싶거나 받고 싶다고 가는 것이 아니고, 주기 싫거나 받기 싫다고 아니 가는 것도 아니다. 건너갈 것이 건너가야 할 곳으로 이동하는 것이고, 나도 당신도 그도 우리 모두는 거대한 물결의 한 방울이자 동시에 물살의 진의, 사소하면서도 특별한 전달자라고 생각한다. 내가 그랬고 아마 당신도 그랬듯이, 그도 언젠가 가벼워진 상자를 한 손으로 든 채 누군가에게 고마워하고 누군가에게는 미안해하는 날이 올 것이다. 내가 할 수 있는 일은 그 모습을 계속 지켜보는 것, 그리고 그에게 건너간 상자의 내용물을 바꿔 넣는 것뿐이다. 불꽃은 모두의 것이지만 나침반은 당신에게 받은 나만의 것이니 대신 노트 한 권, 언젠가 그의 30대, 50대, 70대를 그리며 전해주고 싶은 말들로 채운 작은 종이 뭉치를 넣어 두었다. 그는 다음 이에게 노트 대신 무엇을 넣어 넘길지 궁금하다.

인간이 하는 일 중에 가장 위대한 것은 대물림이라고 여긴다. 그리고 그 대물림에는 생물의 유전적 대물림만 있지는 않을 것이다. 세상에 없던 아이를 낳아 애정과 의지와 시간을 통해 아이를 성장시키는 일이 인간의 생물적 훌륭함이라면, 누군가의 토양에서 살아온 나의 지난 역사와 지금의 신념과 미래의 행동이 누군가의 사상적 토양이 되는 것, 그래서 나만큼 혹은 나보다 더 빛날 사상을 품은 그가 훗날 다른 이의 토양이 될 때까지 아직은 못 미더운 그를 믿어주고 성장 중인 그를 기다려주며 내가 살아가는 행위로 그를 지켜보는 것, 그런 사상적 대물림이 인간적 훌륭함이 아닐까.

오늘도 그 상자는 내 마음 서랍에 고이 자리하고 있다. 안에 든 불꽃과 나침반도 여전하다. 언젠가 그 불꽃이 시간의 끝자락에서 사그라지는 날이 온다 해도, 내가 이어준 다른 상자의 불꽃은 그때도 여전히 타오르고 있을 것이다. 그렇다면 그것만으로 내가 인간으로 태어난 여러 의의 중 하나는 온전히 채우고 떠난다는 위안이 되기를.

그 상자는 정해진 이름은 없다. 오직 스스로 붙인 이름만 있을 뿐이다.

사마귀에 발코니가 있다

초겨울 어느 날, 발코니 실외기 옆에서 너를 발견했다. 나와 눈이 마주친 너는 왠지 추워보였다. 자연스레 빌라 옆 풀이 우거진 공터로 시선이 갔다. 네 고향은 아무래도 저기 같은데, 어쩌다 여기 주택 꼭대기까지 올라왔을까.

내가 동물, 식물, 인간 등 타 생물을 처음 대할 때의 기준은 상대가 내 영역에 침입하여 삶을 방해하는가, 또는 나를 공격하는가, 이 두 가지뿐이다. 이번 경우는 둘다 가위표가 쳐졌다. 그렇다면 너는 적이 아닌 공생자다. 곤충 중에서도 바퀴벌레나 모기가 아니라 벌이나 거미와 같다. 그렇다면 공격 받기 전까지는 너를 공격하지 않을 거고, 방해받기 전까지는 네 삶을 방해하지 않을 것이다. 각자에게는 각자의 삶이 있고 그 방식 역시 제각각이니. 내가 무언가를 피해 서울에서 거제로 도망쳐 왔듯이 너 역시 너만의 이유로 지금 거기 있는 거겠지. 그럼 볼일 보고 갈길 가시게. 그렇게 집으로 들어온 나는 휴대전화 메모장에 '발코니에 사마귀가 있다'라고 한 줄 적어놓는 것으로 너와의 조우를 마무리했다.

그리고 다음 날, 담배를 피우러 다시 나간 발코니에서 또 너를 만났다. 왜 아직 여기 있어? 너는 자리뿐만 아니라 자세도 달랐다. 당당하게 서 있던 어제와 달리 앞발을 곱게 모으고 드러누워 있었다. 왠지 힘이 없는 듯 보였고 어쩌면 지쳐 쓰러진 것 같기도 했다. 혹시 못 내려가는 거야? 도움이 필요해? 말이라도 통하면 쉬울 텐데. 1분쯤 쪼그러서 지켜봤지만 여전히 움직이지 않았다. 그래, 무슨 사정인지 모르겠지만 지레짐작으로 개

입 좀 하자. 나는 반으로 자른 페트병을 들고 나왔다. 페트병 입구를 근처로 갖다 대자 너는 그제야 머리를 들고 앞발을 움직였다. 움직이면 다쳐, 가만히 있어. 너를 담은 페트병을 한 손에 든 나는 현관을 나섰다. 집으로 가자. 어쩌다 이 멀리까지 온 건지 모르겠지만 그래도 집에 가자. 너도 나도, 아무리 멀리 떠나왔어도 모두 언젠가는 돌아가야지. 나는 독백을 밟으며 계단을 내려갔다.

나는 왜 페트병을 깊게 자르지 않았을까.

내려갈 때마다 복도 센서등이 하나씩 켜지며 어둡던 층계를 밝혔다. 얼마쯤 내려갔을까, 문득 들고 있던 페트병에 시선이 갔다. 어떤 방법을 쓴 건지 모르겠지만 너는 미끄러운 페트병 내부를 타고 올라와 내 손톱 위에 앞발 하나를 걸치고 있었다. 나는 깜짝 놀라 반사적으로 손을 흔들었다. 공격당한 것도 아니고, 아픈 것도 아니었다. 단지 놀란 것이다. (그래서 죄책감을 지우기 위해 '반사적'이라는 단어를 쓴다) 붙잡고 있던 손톱을 놓친 너는 통 안이 아닌 밖으로 튕겨나갔다. 그리고 120cm의 높이에서 차가운 바닥으로 추락했다. 나는 그대로 굳었고, 너는 움직이지 않았다.

　주변을 밝히던 조명은 금세 꺼졌다. 나는 손만 휘저어 등을 켜고 발밑을 살폈다. 너는 여전히 계단 위에 누워 있었다. 곤충은 이 높이에서 떨어지면 어떻게 되지? 개미는 빌딩에서 떨어져도 멀쩡히 착지한다고 했는데. 걱정과 두려움이 밀물처럼 차올랐다. 다행히 너는 금세 움직였다. 고개를 들고 앞발로 바닥을 지탱하며 몸을 일으켰다. 그제야 안도감이 썰물처럼 퍼져나갔다. 다행이다. 미안해, 내가 너무 놀라서. 손을 털면 다시 통 안으로 떨어질 줄 알았어. 변명을 주억거리던 나는 곧 말을 멈췄다. 네 개의 뒷다리 중 하나가 축 늘어져 있었으니까.

　우리는 그대로 잠시 있었다. 조명이 꺼지면 손을 휘둘러 다시 켜고, 도로 꺼지면 다시 켜면서. 나는 왜 페트병을 더 깊게 자르지 않았을까. 집에 수없이 굴러다니는 종이로 뚜껑 하나 덮지 않고. 순간 놀랐어도 참았으면 되잖아. 아니면 앞발을 조심스럽게 밀어서 너를 안으로 넣을 수도 있었을 텐데. 네 다리는 부러졌을까 아니면 잠시 마비된 걸까. 시간이 지나면 다시 나을 수 있을까.

만약 원래대로 돌아오지 않는다면 어쩌지, 고향으로 돌아가면 제대로 살아갈 수 있나. 움직이는 나머지 다리와 멀쩡한 앞발만 가지고 사냥감을 잡거나 천적에게서 도망칠 수 있을까. 짧게 쪼개진 상념이 연달아 밀려왔다. 왜 이렇게 된 걸까. 원래의 기준대로 개입하지 말았어야 했나. 내가 공격받기 전까지는 너를 무시하고 제 길을 가도록 방관했어야 했을까. 네가 그대로 얼어 죽었다면 너를 발견하고도 아무 것도 하지 않았음에 죄책감이 들었을 수도 있지만 만약 그게 아니었다면? 어쩌면 혼자 올라온 것처럼 혼자 내려갈 수도 있었을 텐데. 지쳐 쓰러진 것이 아니라 잠시 쉬고 있었을 수도 있는데. 사마귀 종이 원래 해 질 녘 무렵에 잠을 자는 습성일 수도 있는데. 너의 생태도 모른 채 순간의 짧은 판단으로 책임을 동반하지 않은 힘을 함부로 부린 것이 아닐까. 결과적으로 선의로 한 일이 너에게 악의가 되었구나. 정의라고 뻗은 내 의지가 너에게는 불의였구나. 사과하고 싶었다. 미안하다고. 그보다 간절히 변명하고 싶었다. 본의가 아니었다고. 도울 의도였다고.

그대로 얼마가 더 흘렀다. 나는 손을 휘저어 다시 센서등을 켜고 너를 페트병 안으로 옮겼다. 너의 다리 하나는 여전히 늘어져 있었다. 두 손으로 받쳐 든 페트병은 아까와는 비교할 수 없이 무겁게 느껴졌다. 페트병을 품에 안은 채 고향일 거라고 짐작한 풀밭 앞에 섰다. 산 너머로 뉘엿뉘엿 해가 넘어갈수록 주변은 점점 어두워졌다. 한동안 하늘을 보던 나는 무성한 풀잎 어딘가에 너를 내려놓았다. 정확히 말하면, 너를 버리고 자리를 떴다.

그렇게 나는 내가 품지 못한 너에 대한 모든 것, 선의, 의도, 실수, 후회, 고민으로부터 도망쳤다. 나는 네 다리를 고치려고 하지도 않았고, 너를 기르며 상태를 지켜보지도 않았다. 그저 내버리는 것으로 감당하기 싫은 감정을 외면했고, 노을이 사라지는 하늘을 보며 죄책감을 무마했고, 돌아서는 것으로 네 존재로부터 멀어졌다.

그리고 삼 개월이 지나 일기장 한 구석에서 '발코니에 사마귀가 있다'라는 한 줄을 보기 전까지 이 일을 완전히 잊고 살았다.

아직까지도 너를 떠올리면 지워지지 않는 얼룩처럼 몇 가지 의문이 남는다. 그때 왜 너를 쉽게 내버렸을까. 기능을 훼손하고 더는 돌이킬 수 없다고 여겼을 때 생명을 물건으로 치부하며 버리는 것 말고 다른 답은 없었을까. 너를 공생자로 대한다 했는데 너를 내버린 내게 너는 진정 그것이었나. 아니었다면, 그럼 나는 누군가의 공생자일 수 있을까.

이한얼 | 2018 매일신춘문예 수필 당선
더 수필 2019 빛나는 수필가60에 선정
2021《좋은수필》베스트에세이10에 선정

옥상의 시절 외 2편

장 영 은

bloo69@hanmail.net

뭉게구름 같은, 옥상의 시절을 살았다. 통기타와 포크
송과 여드름 듬성듬성 난 여고시절과 알 수 없는 방황과
반항 같은 것들이 거기엔 있었다. 별이 빛나던 밤에 옥
상도 함께 빛났다. 내 여고시절을 키운 건 팔 할이 옥상
이었다. 웃고 울고 눈물 나고 가슴 저리는 것들. 가끔씩
주체할 수 없는 첫사랑 같은 것도 찾아왔다.

아이들 방학도 되고 해서 모처럼 친정을 찾았다. 주
위로는 빽빽한 아파트 단지가 들어서서 옛 모습을 찾기

가 힘들 정도이다. 그 가운데 아직 재개발이 되지 않은 곳에 친정집이 있다. 여고시절 때만 해도 넓은 공터에선 난전이 열렸다. 그런 곳이 하루가 다르게 회색빛 아파트 숲이 되어 간다.

옥상의 멤버는 다섯 명이었다. 독수리오형제가 유행하던 때였다. 명희는 홀어머니 밑에서 자랐지만 성격이 남자 같아서 우리들 중 우두머리였다. 봉희는 부모님이 시장에서 건어물가게를 했고 순정이는 아버지가 외항어선을 탔다. 영옥이는 공부를 잘해 반에서 늘 일등을 했다. 우리는 사나흘이 멀다 하고 옥상에 모였다. 청춘의 시절이었다. 망토 같은 꿈을 휘날리며 보이지 않는 악당을 쳐부수기 위해 의기투합했다. 노랠 부르며 고래고래 소릴 지르다 가끔씩 연애편지를 돌려 읽기도 하면서.

러닝셔츠 차림의 이 씨 아저씬 오늘도 어설프게 쌍절곤을 돌리고 있다. 휙휙 바람을 가르며 기합 소리도 섞어가며. 시멘트로 만든 역기를 들었다 놓았다 한다. 어떤 날엔 라이브 통기타공연까지 벌어진다. 내 친구들이 옥상에 놀러온 날이다. 아침이슬과 고래사냥과 개똥벌레가 물수제비를 그리며 밤하늘 멀리 퍼져나갔다. 그러면 옆집 아저씬 '제발 잠 좀 자자"며 옥상을 쳐다보며 짜증을 내곤 했다.

삼십 년은 훨씬 넘었다는 감나무는 옥상까지 그늘을 드리웠다. 튀밥 같은 꽃이 필 때가 제일 좋았다. 항아리 뚜껑 위로 떨어진 감꽃으로 목걸이를 만들었다. 새벽녘, 잠을 설치고 일어나 생감을 주워 동생들 몰래 보리쌀 독에 묻어두곤 했다. 일주일 정도 지나면 홍시처럼 말랑말랑하게 익었는데 독을 열어보면 가끔씩 누군가 먼저 손을 대어 남아있지 않을 때도 있었다. 어쩌다 떨이로 사 온 수박을 먹을 땐 수박씨를 서로 멀리까지 날리려고 모두들 오리 주둥이가 되었다. 깔깔깔 소리가 안방까지 퍼지고 엄마는 파리채를 들고 와 여름밤에 잡아야할 모기는 안 잡고 우리만 잡았다.

지붕 끝에는 아슬아슬하게 아버지가 매달려 있다. 안테나를 이리저리 돌리며 아래쪽을 향해 소릴 지른다. "어떻노? 잘 나오나? 뭐라꼬?" 안방에선 동생이 고사리 손으로 채널을 돌려보며 "아직 안 나와요." 하며 애를 태운다. 그때 앞집 아저씬 창을 열고 자기네는 잘 나온다며 괜히 염장을 지른다. 박치기 김일 선수의 레슬링이 있거나 홍수환 선수 권투경기가 있는 날이면 잘 나오던 흑백 TV가 그날따라 자주 먹통이 되었다.

몇 달 전 선을 본 구석방 언니는 외출이 잦았다. 서른이 되어 만난 남자라 상대방에게 푹 빠진 모양이었다. 밤늦게 귀가하는 날이 많아졌고 가끔씩 문틈으로 콧노래가 흘러나오기도 했다. 그런데 한 달 전부터 외출에서 돌아오는 시간이 점점 빨라졌다. 어떤 날은 밤새 불이 켜져 있기도 했고 휴일이 되어도 방에서 나오지 않는 날이 많았다. 봉제공장에 다니는 공순이라며 남자 쪽에서 먼저 바람을 놓았다는 소문이 돌았다. 결국 파혼을 당하고 만 날 언니는 방안에서 꺼억꺼억 한나절을 울었다.

명희는 아직도 가슴에 묻어둔 채로 산다. 옥상의 멤버 중 그녀는 가장 쾌활했다. 모든 스케줄이 명희에게서 나왔고 가끔씩 남학생들을 데리고 오는 것도 그녀였다. 몇 번의 연애를 했지만 웬일인지 서너 달을 넘기지 못했다. 우리가 하나 둘 결혼하면서 동네를 떠나도 혼자 남아 학습지교사를 했다. 내가 첫 아이를 낳고 얼마 지나지 않았을 무렵이었다. 평생 혼자 살 거라더니 내년 봄 결혼한다며 들뜬 목소리의 전화가 왔다. 옥상의 멤버들이 모여 그날 축하를 하기로 했다. 그러나 결혼식을 채 한 달도 남겨두지 않고 명희는 세상과 이별했다. 지병인 폐병이 원인이었다.

여름 해는 길었다. 우리의 청춘도 라이브 공연처럼 길 줄만 알았다. 옥상의 멤버와 이 씨 아저씨와 구석방 언니는 지금 다들 어디에서 무엇이 되어 있을까? 그때는 나이 들어도 앞집, 뒷집에서 영원히 함께 살자고 다짐했었는데 그만 공수표가 되고 말았다. 빨랫줄에 목장갑이 걸려있다. 아마도 아버지나 엄마가 채마밭을 가꿀 때 사용하나 보다. 우리가 학교 다니던 시절엔 방마다 세를 놓아서 쟁탈전처럼 옷가지들이 퍼덕였다. 새댁 부부의 뽀얀 아기 기저귀와 이 씨 아저씨의 예비군복과 구석방 언니의 젖은 주름치마가 태극기 휘날리듯 나부꼈다.

옥상에서 아래를 내려다보며 언제쯤 지긋지긋한 이곳을 벗어날까 생각했다. 사내들이 술 취해서 노래 몇 자

락 불러제끼고 아무데나 갈긴 지린내와 아낙들의 악다
구니가 골목에 넘쳐나던 동네였다. 제대로 연애도 못해
본 나는 혼자 옥상에 올라가 멀리 십자가를 바라보며 기
도했다. 바람에 살랑살랑하는 원피스 입는 어른이 되고
싶어요. 그럴 땐 교회종소리가 대답처럼 뎅그렁뎅그렁
울리기도 했다.

오랜만에 올라와 본 옥상이 이렇게 추억을 주는 건가.
내 머릿속에 꼭꼭 숨겨 두었다 왜 이제야 꺼내는 걸까?
갑자기 누군가의 구멍 난 러닝셔츠가 보이고, 모기를 잡
는다며 손바닥 치는 소리가 들리고, 제발 잠 좀 자자며
투덜거리는 소리도 들린다. 돌아보면 옥상을 가득 채운
것은 크고 웅장한 것들이 아니었다. 작고 이름 없는 것
들이었다. 아련한 풍경들은 속절없이 열일곱 살의 여고
생을 마흔아홉 살의 중년으로 데리고 왔다. 왜 그땐 그
렇게 빨리 어른이 되고 싶어 했을까.

텅 빈 옥상에서 두리번거려본다. 갑자기 순정이와 봉
희, 명희, 영옥이가 한 목소리로 말한다. "기집애야, 니
어데 갔다가 이제 올라 오노? 우리 한참 기다렸다 아이

가." 이 씨 아저씬 연신 쌍절곤을 돌리며 땀을 뻘뻘 흘린다. 구석방 언니의 흥얼거리는 노랫소리 사이로 아버진 아직도 안테나를 붙잡고 있다. "인자 잘 나오나?" 그러면 아래쪽에서 또 다른 소리도 들려온다. "기집애들 밤 늦도록 몰려다니며 못된 것만 배운다. 퍼뜩 내려와 저녁 묵거라."

여름 밤하늘엔 별들이 촘촘 박혀 있다. 우리가 뱉은 수박씨처럼.

모노톤에 물들다

하늘이 시나브로 바다와 몸을 섞는다. 립스틱 붉은 색조가 푸른 도화지 위에 가만히 눕는다. 노을이 소나무 숲에서 수평선까지 가득 번지면서 천천히 파스텔 톤의 담채화가 된다. 한적한 시골 바닷가에 혼자 앉아 하루의 색깔들이 어떻게 서로에게 스며드는지 바라본다.

사진이나 영상 매체에서 특별히 한 가지 색깔만을 부각시켜 보이게 하는 것이 모노톤이다. 때론 갈색으로, 혹은 흑백으로, 어떨 땐 보라색으로 연출해 심리적인 효과를 창출하는 기법이다. 색채나 문체의 단조로움이나 악기를 연주할 때의 단조로운 선율을 의미하기도 한다.

　마음은 언제나 여러 갈래였다. 요즘 들어 부쩍 그랬다. 다 자란 아이들을 객지로 보내고 남편과 둘이 있으면 부산했던 마음이 안정될 줄 알았다. 하지만 뭔가 불안한 것들이 내 안에 똬리를 틀었다. 날마다 반복되는 회사의 업무는 갑자기 지루해졌고 남편과는 사소한 일로 의견 충돌이 잦았다. 여럿이 있을 땐 혼자 있고 싶다가도 혼자 있으면 뭔가 떠들썩한 곳에 섞여 들고 싶었다.

　중학생 때 아버지가 가져온 달력엔 유럽 여러 나라의 멋진 풍경이 담겨져 있었다. 그 중 아직도 뇌리에 남아 있는 장면은 주황빛 지붕이 가득한 한적한 마을의 사진이었다. 비슷하지만 조금씩 다른 그 색감들은 진한 것과 연한 것들이 적당하게 조화를 이루었다. 그 곳 지방에서 생산되는 흙으로 구우면 그러한 색이 나온다는 설명이 조그맣게 곁들여졌다. 사진을 오래 들여다보면 왠지 마음이 차분해져 내 안의 경계가 허물어지곤 했다. 언젠가 여행을 간다면 저곳에 한번 들르리라 마음먹었다.

노을은 파도를 적시고 갈매기 날개를 물들이다 구름을 채색한다. 시시각각 변하는 저녁의 색채가 파노라마로 펼쳐진다. 어느새 모여든 사람들은 서로 팔짱을 끼고 걷거나 사진을 찍는다. 웃음소리가 모래알처럼 백사장에 흩어진다. 밀려오는 파도가 종종거리는 물새 발자국을 지운다. 조금씩 엷어지는 그림자를 옆에 낀 채 사람들은 조금씩 순해지기도 하겠다.

여유가 생기자 평소에 해보고 싶었던 성악이며 미술, 시낭송 등 강좌를 욕심내서 신청했다. 퇴근 후 저녁 시간은 요일 별로 배우는 종목이 달랐다. 일주일에 한 번 가거나 여러 번 하는 것도 있었다. 매일 동동거리며 여기 저기 쫓아다니다 보니 어느 결엔가 숨이 턱까지 차올랐다. 결국 얼마 못 가 다 그만두고 말았다. 그러다 걷기 운동도 해보았지만 그것도 종내는 힘이 들었다. 결국 나는 뭔가 제대로 하지 못하고 번잡하게 펼쳐 놓기만 하다 포기하고 만 셈이었다.

로버트 저메키스 감독의 영화 〈얼라이드〉는 언제 죽을지도 모르는 스파이 부부의 이야기다. 불안감은 그들을 놓아주지 않았고 자동차 유리 밖으로 모래 폭풍이 휘몰아친다. 헛되고 헛된 것, 언제 사라질지도 모르는 사막의 신기루 같은 삶이었다. 다른 장면은 대부분 잊혀졌지만 화면을 가득 채운 모래는 오래 내 뇌리에 남았다. 아득하고 뭔가 가슴이 저려 오는 그 창백한 알갱이들은 가끔씩 환영처럼 나타났다 사라졌다.

어떤 날은 꿈에서 죽은 친구가 나타났다. 분명 내 앞에 있는데 영화 속의 한 장면처럼 흰색인 듯 흰색 아닌 듯한 색이 아득하게 펼쳐졌다. Off white 라고 해야 할까. 지병으로 서른에 운명을 달리한 그 친구는 자꾸만 무슨 말을 하고 싶어 했다. 안개처럼 자욱한 그것은 입이 되었다가 귀가 되었다 하며 허공을 떠다녔다. 꿈을 꾸다 깨어나면 산다는 것이 허무해졌다.

문태준의 시 '어두워지려는 순간'에는 어두워지는 것은 하늘에 누군가 있어 버무린다는 느낌이라고 했다. '오래오래 전의 시간과 방금 전의 시간과 지금의 시간을 버무린다는 느낌', '사람과 돌과 풀과 흙덩이와 꽃을 한 사발에 넣어 부드럽게 때로 억세게 버무린다는 느낌' 버무린다는 것은 하나가 된다는 것이다. 바쁘기만 했던 낮의 소요들을 커다란 그릇에 넣어 어스름과 함께 섞으면 이윽고 날이 저문다.

먼 산엔 어느새 시월이 도착했다. 꽃과 신록의 계절을 지난하게 건너온 여정들이 단풍으로 버무려진다. 그것들은 어느 한 지점을 향하는 것 같다. 은행은 노랑으로, 감나무는 주홍으로, 상수리나무는 갈색으로. 각양각색의 나뭇잎들은 퀼트처럼 제 몸을 섞으면서 가을의 무늬를 직조해 낸다.

앙리 마티스는 야수파 화가 중 한 사람이다. 그의 화법은 색채를 단순하게 표현하면서 대상을 잘 드러낸다. 〈초록색 찬장이 있는 정물〉이나 〈붉은색 실내〉라는 작품을 보면 입체적이지 않고 평면적이면서 화려한 원색이 두드러져 보이게 했다. 뾰족한 모서리들은 둥글게 처리되어 어린아이의 눈으로 보듯 단순화 되어 있다.

드뷔시의 〈목신의 오후에의 전주곡〉을 들으면 신비롭고 몽환적이어서 복잡한 생각들이 다 없어진다. 연주는 플루트로 시작해서 오보에와 클라리넷, 하프 등과 합주로 구성되어 있으나 중간중간 삽입되는 개개의 독립적인 음은 전체를 단순화시킨 듯한 느낌이 든다. 오후의 창가에 앉으면 시인 말라르메가 생각나고 양떼를 몰고 피리를 불며 춤을 추는 목신의 모습이 떠오른다.

이제까지 살면서 원하는 대로 되지 않았던 여러 가지 일들이 떠오른다. 타인의 책임으로만 돌렸던 모든 것들은 기실 내가 바뀌지 않았기 때문인지도 모르겠다. 남편에 대한 서운함, 친구와의 갈등, 반복되는 일상의 지루함 등. 서로에게 부드럽게 스며드는 저 저녁의 화소들처럼 나도 내 안의 불화들과 이제 화해를 하리라.

어스름이 발목을 적신다. 서늘한 바람에도 오히려 몸은 따뜻해진다. 이제 수평선과 구름과 바다가 하나의 색으로 변해 간다. 새와 바위와 사람들도 모두 어스름 속으로 섞인다. 부드럽고 은은한 회색의 모노톤 속으로 멀리 등대가 불을 켠다.

저녁 여섯 시의 측벽

　노을이 진다. 직립의 풍경들이 측벽으로 눕는다. 저것은 잠시 옆으로 돌아 나온 벽의 생각. 어스름이 밀려오는 담장엔 측백나무가 길게 제 그림자를 기대거나 사철나무가 붉은 열매를 주렁주렁 매달아도 좋다.

　저녁 여섯 시는 오롯이 나를 위한 시간이다. 낮 동안 사람들 틈에 섞여 지내다 비로소 자유를 얻는 순간이다. 집으로 돌아오는 골목엔 오래된 담장들이 많다. 대개 줄장미가 피었거나, 엄나무 한 그루가 불쑥 서 있거나, 페인트칠이 벗겨진 채 녹슨 대문을 가릉가릉 붙들고 있다. 빛이 바랜 그 아래 서면 창문, 불빛, 저녁연기 등의 단어가 따뜻하게 말을 건넨다. 나는 또 측백나무 한 그루처럼 어두워지려는 벽에 가만히 기대어 본다.

'애라야 사랑한다', '낙서 금지', '개 조심' 입을 다문 채 벽은 분절음 같은 것들을 목에 걸어 놓고 있다. 그 주변을 고양이 한 마리가 어슬렁거린다. 낡은 책의 표지 같은 담장엔 이제 막 도착한 포장마차가 의자를 꺼내 놓는다. 그러고 보면 쓸쓸하고 가난한 것들은 대개 벽을 사랑하는 종족들인 것 같다. 가끔씩 덜컹거리며 지나가는 자전거 바퀴 소리까지.

구조물 옆면에 있는 벽을 측벽이라 한다. 한 번도 중심이 되지 못하고 언제나 변두리만 서성거리는. 나는 아웃사이더라는 말이 좋았다. 비주류, 변방, 변죽, 가장자리, 보헤미안 등의 말만 들으면 괜히 심장이 두근거렸다. 어쩌면 나의 전생은 집시였거나 순례자였는지도 모를 일이다. 옆면에 붙은 측벽처럼.

고등학교 시절 칠십여 명 정도가 한 반이었다. 한 학

기가 다 가도록 담임선생님은 나를 기억하지 못하는 듯했다. 딱히 공부를 잘하는 것도 아니고 대놓고 나를 드러내지도 못하고 사고를 왕창 치는 아이도 아니었기 때문일까? 나는 호명되기를 바랐지만 언제나 괄호 밖이었다. 무리 속에 행인 3쯤으로 있는 존재였다. 열일곱, 열여덟 무렵엔 내 인생의 주인공은 나 아닌 타인으로 시작해서 그 누군가로 끝날 듯 보였다.

졸업을 하고서도 마찬가지였다. 생각해보면 나의 이십대는 해진 청바지처럼 늘 초라했다. 가장 큰 고민은 내 것이었고 친구들은 세상에서 제일 큰 거인이었다. 별볼일 없다 싶으면 누가 먼저랄 것도 없이 따돌리는 직장이라는 사회에서 스스로 투명 인간으로 살았다. 있는 듯 없는 듯 그림자처럼 움직이다 보면 하루가 마감되었다. 퇴근 후, 골목을 걸어오면 캄캄한 어둠이 끝없이 이어질 것 같았다. 그럴 때 담장들은 내 처진 어깨를 토닥토닥 다독거려 주기도 했다.

어느 날부터 뉴욕의 거리에 스프레이로 그린 낙서화가 범람했다. 충동적이었고 장난스러웠지만 그림에 담긴 메시지는 무거웠다. 그 중심에 장 미셀 바스키아가 있었다. 그는 저소득층 이민자 가정에서 자란 반항기 가득한 청년이었다. 인종 문제, 범죄, 마약 등 뉴욕의 사람들이 불안해하는 것들이 그림의 소재가 되었다. 그의 거침없는 감정들은 측벽에 낙서로 채워졌다. 현대 문명의 탐욕을 조롱하던 그의 불안한 정신은 약물에 빠져 스물여덟에 요절하고 말았다.

결혼하고 난 뒤, 남편과 다른 지역에서 근무를 해야만 했다. 발령이 쉽게 나는 것도 아니고 노력한다고 되는 것도 아니었다. 아는 사람 하나 없는 그곳은 정말 우주 저 끝에 나 혼자 동떨어져 있는 느낌이었다. 길을 몰라 헤매었고 사람을 몰라 외로웠다. 저녁이면 불 꺼진 창 아래서 망연자실 서 있었던 적도 많았다.

늘 신발을 끌며 걷는 친구가 있다. 뒤축도 꺾어 신다 보니 석 달 만에 운동화가 하나씩 해졌다. 중학생 때부터 친하게 지내는 동안 지금까지도 그 버릇을 못 고쳤다. 아이러니하게도 지금 그녀는 신발 가게를 한다. 요즘도 만나면 추억을 공유하며 깔깔거린다. 채송화 한 송이, 떨어지는 낙엽 하나에도 함께 웃고 슬퍼하던 소녀들은 벌써 지천명을 넘겼다. 삶은, 꺾인 운동화처럼 한 번 뭉개지면 얼마나 편안한지 모른다고 친구는 자주 희미하게 웃는다. 남편의 폭력 때문에 이혼한 그녀는 재혼이란 말은 아예 꺼내지도 말라며 손사래를 친다.

김희정 감독의 영화 〈프랑스 여자〉는 주인공이 현재와 과거를 오갈 때마다 긴 벽이 나온다. 벽을 지나쳐 나오면 분명 현실인데 다시 들어가 보면 과거의 시간으로 돌아가 있다. 프랑스 파리의 폭탄 테러 현장에 있었던 그녀는 무너진 벽 사이에 갇혀 기절한 상태에서 과거로 돌아가 친구들을 만난다. 프랑스인 남편의 배신으로 인해 생기는 쓸쓸함이나 고독, 외로움의 감정들이 측벽처럼 잔잔하게 이어진다.

주홍빛 빗살무늬들이 건물 사이로 스며들어 저녁을 채색한다. 잠시 벽에 기대어 쉬는 사이 노을은 수채화를 그린다. 건물과 상점과 간판들이 그림 속에 들어와 눕는다. 사람들은 아다지오, 라르고, 렌토처럼 천천히 흘러간다. 유모차를 끌고 가는 부부, 어디론가 전화를 거는 남자, 보따리를 들고 가는 노인이 서로 엇박자로 비켜 간다.

언젠가부터 나는 나의 삶을 사랑하게 되었다. 직립이 아니어도, 중심이 아니어도, 주인공이 될 수 없어도 내게 주어진 시간을 진지하게 살아왔고 또 살아갈 것이다. 또 다시 측벽 같은 순간이 오더라도 동일한 방법으로 견뎌 내리라. 그런 생각을 하며 담장에 기대면 가끔씩 내가 지나온 시간들이 개밥바라기별처럼 반짝이기도 했다.

어스름들이 모여 이제 저녁이 되었다. 누구에게나 자신의 옆모습을 어루만지는 측벽의 시간이 필요하지 않을까. 그것이 약간의 회한과 슬픔과 눈물을 동반한다 해도. 서늘한 바람을 안으며, 고요와 소란을 지나 가볍지도, 무겁지도 않은 걸음으로 걸어간다. 지켜보던 측벽도 천천히 나를 따라 걷는다. 서로 곁눈질을 하면서 둘인 듯 하나인 듯.

장영은 | 2019년 《에세이문학》 등단

검정, 색을 풀다 외 2편

조 미 정
solento3@hanmail.net

마당이 바람을 탄다. 먹 염색을 하느라 오전 내내 고무 대야에서 텀벙거렸던 천들이 허공 속으로 말려 올라간다. 제 몸을 뒤집었다가 놓는다. 비바람 속 검정이 시나위 장단에 맞추어 춤추는 것 같다.

검정은 흰색이나 회색과 더불어 무채색으로 뭉뚱그려진다. 색이 없다고 해서 맹물처럼 밍밍하기만 한 것은 아니다. 어느 유채색보다 강렬하면서도 함께 있으면 자신보다 다른 색을 더 돋보이게 만드는 재주를 지녔다.

평소엔 과묵하고 진중해 보이더니 무슨 이야기를 들려
주고 싶은 걸까. 지상과 하늘을 연결하는 징검다리라도
된 듯 세차게 펄럭거릴 때마다 묵향이 후드득거린다.

싸락눈이 흩뿌려지던 회색빛 오후, 엄마가 영면에 들
었다. 돌아가시는 줄도 모르고 웃는 얼굴로 병실 문을
두드린 지 얼마 지나지 않아서였다. 잠들 듯 평온했다
해도 예기치 않게 다가온 죽음을 받아들이는 일은 쉽지
않다. 형광등 불빛도 천장에서 쏟아지며 망자의 앙상한
몸을 끌어안고 흐느꼈다.

얼마나 시간이 지났을까. 간호사가 내 품에서 엄마를
떨어뜨려 놓고서는 몸속에 꽂아 두었던 튜브들을 차례
대로 제거하기 시작했다. 생전 엄마를 구속하던 것들이
떨어져 나가는 모습을 멍하니 지켜보다가 망연자실했
다. 물속처럼 투명해야 할 튜브가 진득한 검정으로 물들
어 있었다.

두 눈에 넣어도 안 아프다던 고명딸이 애물단지로 전
락해 버린 것은 최근 몇 년 전의 일이었다. 압류 딱지에
집문서가 넘어간 지 얼마 지나지 않아 난소에서 악성 종

양을 발견했다.

엄마는 몸에 좋다는 약을 구하러 사방팔방으로 뛰어다녔다. 혹시 나쁜 마음이라도 먹었을까 봐 꿈자리가 뒤숭숭한 날에는 밤새도록 우리 집 대문 앞을 서성거렸다. 나를 기사회생시켜 놓고 몸의 힘이 다 빠져 버렸던 모양이다. 일락서산 저문 날, 불 꺼진 방에서 엄마는 홀로 울컥울컥 검정을 토해 내며 쓰러지고 말았다.

평소에도 엄마 옷에는 자주 검정이 묻곤 했었다. 거미줄같이 다닥다닥 얽은 골목 혹은 엘리베이터가 없는 빌라 꼭대기 층까지 수백 장의 연탄을 짊어지고 날랐을 때 어김없이 따라붙던 표식이었다. 마당까지 따라 들어온 탄가루를 탁탁 털어 낼 때마다 내 가슴도 낱낱이 흩어졌다가 사방으로 튀어 오르곤 했다.

감, 쪽, 홍화, 치자 등 하고 많은 염색 중에서 하필 검은 먹을 선택한 데는 이유가 있다. 엄마 위패를 모신 절집에 갈 때 입을 옷을 정성스레 짓기 위해서다.

먹을 가루가 날릴 정도로 잘게 빻아 하룻밤 따뜻한 물에 불리면 진득한 먹물이 만들어진다. 얼른 체에 밭쳐

걸러 낸 후 천이 훌렁훌렁 떠다닐 정도로 충분히 물을 잡으면 얼추 준비가 다 되었다. 유품을 정리하다가 화장대 서랍에서 발견했던 먹은 제 몸을 녹여 한 필의 무명 속으로 잠잠히 스며드는 것이다.

아무리 농도를 진하게 해도 한 번 만에 단박 물들지 않는 게 천연염색이다. 언제쯤 윤기 반지르르한 색으로 거듭날까 싶어 줄줄거리는 먹의 앙금을 흘려보낸다. 다시 소금물에 풍덩 담갔다가는 햇볕에 빠닥빠닥 말린다. 천의 거친 올에도 윤기가 흐를 때까지 몇 번이고 같은 과정을 되풀이했다.

검정에 대한 오해가 풀리기 시작한 것은 이즈음부터였다. 한 번 먹물에 적실 때마다 농담을 더하며 뚝뚝 떨어지는 먹빛이라니. 여태까지 검정은 돌덩이 같은 색이었다. 돌이킬 수 없는 늦은 회한 같은 것이었다. 잊을 만하면 불뚝거리더니 이제야 응어리진 가슴을 어루만져 주는 듯했다.

먹 염색은 화공의 혼을 담은 수묵화이다. 달빛처럼 은은해진 검정을 볼 때면 장독대에 정화수를 떠놓고 빌던 엄마의 희끗한 머리가 떠올랐고, 거듭 물들여 좀 더 짙어진 검정은 삶의 수레를 미느라 고단할 즈음 만난 너럭바위 같았다. 그 넓은 품속에서 쉬어 갈 수 있었다. 드디어 온전한 먹색이 되었다 싶었을 때는 어느 날 문득 석양에 드리워진 긴 그림자가 겹쳐졌다. 남루한 우리 집 대문에 고기반찬이며 푸성귀가 가득 든 비닐봉지를 걸어 놓고는 자전거를 타고 쏜살같이 사라지던 뒷모습을 닮아서 눈물겨웠다.

어린 시절 과학 시간에 크로마토그래피라는 색소 분리 실험을 한 적이 있다. 수성 사인펜으로 점을 찍은 종이에 물을 적시면 점차 여러 가지 색이 분리되어 나온다. 먹 속에도 그간 몰랐던 색들이 숨겨져 있는 것은 아닐까? 장롱 속에 묻어 두었던 흑백 앨범을 꺼내 들었다. 빛바랜 사진첩을 한 장 한 장 넘길 때마다 검정의 스펙트럼이 삶의 행간을 따라 서서히 번져 나왔다.

처음엔 파란색이었다. 장난꾸러기 아버지의 돌발적인 키스에 까르르 터지는 웃음소리가 금방이라도 하늘을 튕길 듯 싱그러웠다. 회사의 부도로 앞날이 막막해지자

거침없이 생활 전선에 뛰어들었던 중년은 빨간색이다. 연탄 수레를 미느라 흘린 땀방울이 저물녘 붉은 햇살 끝에 몽글몽글 맺히고 있었다. 말년은 노르스름한 색쯤 된다. 동네 문화 센터에서 수묵화를 그리는 모습이 아이처럼 달뜨고 새뜻해 보였다.

알고 보니 단색의 외형 속에 삼원색이 다 들어 있다. 여태 무겁다고만 생각한 검정이었다. 너무 일찍 세상을 뜨느라 맘껏 즐기지 못한 여생도 못내 속상했었다. 은연중 부귀영화를 누려야만 잘사는 것으로 믿고 있었나보다. 억척스럽고 고생스럽게만 보였던 모습 이면에는 소소한 일상들이 저마다의 색깔을 뽐내며 무지개 물고기처럼 반짝이고 있었던 것을.

검정의 역설은 흰색이다. 프리즘을 통과한 빛이 무지개 색으로 분산되듯 오만 가지의 색이 한데 섞여야 검정이 되기 때문이다. 고해 아닌 삶이 어디 있으랴. 파도가 닥칠 때마다 맺고, 풀고, 당기다 보면 마디마디 물든 색이 점철되어 검정이 된다. 극과 극이 서로 동색이라 생각하니 삶의 대척점에 선 죽음도 이제 더 이상 섧지 않다.

검정, 색을 푼다. 저녁 어스름이 깔리는 마당 저편에서 엄마가 환하게 웃고 있다. 生과 死가 분절하는 창공을 향해 나도 뜨거운 미소로 화답을 한다.

검정은 삶이다.

유주

|

　서원을 품은 대니 산기슭에 늙수그레한 은행나무 한 그루가 노란 등불을 켰다. 위로 쭉쭉 키가 자란 보통의 은행나무와 다르다. 키보다 더 넓게 옆으로 뭉텅뭉텅 가지를 벌렸다. 여러 그루의 나무가 일가를 이룬 듯 웅장한 은행나무는 몇 개의 쇠기둥에 구부정한 몸을 기대어 서 있다.

　위풍당당해 보이던 모습도 가까이에서 들여다보면 그간의 풍상이 한눈에 들어온다. 우람하던 한 쪽 가지는 부러지고 반대쪽으로 뻗은 가지도 세월의 무게를 이기지 못하고 바닥에 주저앉았다. 찢기듯 벌어진 몸통 여기저기에는 썩은 살을 덜어낸 수술 자국이 선명하다. 노인의 주름이 한 생애를 대변하듯 상처투성이의 은행나무는 볼 때마다 가슴이 짠해진다. 사실 은행나무는 세상에서 가장 외로운 나무 중의 하나이다. 제 이름 속에 여러 무리의 친척을 거느린 다른 나무와 달리 이 세상에 오직한 종만 있다. 수피를 만지면 화석 나무라 불릴 정도로 오래 살아오는 동안 외롭고 고달팠던 마음이 손끝으로 전해진다.

쓰다듬듯 가지를 따라 시선을 옮기다가 손가락 두어 마디만큼 돋아난 돌기를 발견한다. 여인의 유두를 닮았다 하여 이름 붙여진 유주乳柱가 분명하다. 세어 보니 모두 세 개다. 수령이 오래된 은행나무에서만 발견되는 유주는 공기 중에 뻗은 뿌리이다. 굵은 가지에 종유석처럼 매달려 나무의 호흡을 도와준다. 생에 대한 갈망이 얼마나 컸으면 은행나무는 흙이 아닌 허공에 뿌리를 내렸을까. 늘그막에 새 삶을 선포하시던 아버지가 떠올라 멈춰

선 발걸음이 쉬이 떨어지지 않는다.

오랫동안 병상에 누워 있다 돌아가신 엄마의 세 번째 제사를 지낸 다음날이었다. 아버지가 털어놓는 노년의 쓸쓸함에 고개를 주억거리던 나는 재혼이란 말에 자리에서 벌떡 일어섰다. 혼자 지내는 것이 안쓰러워 수차례 모시겠다고 해도 싫다 하던 아버지가 아니셨던가. 난데없이 오며 가며 만났다는 고향 분과 살림을 합치겠다니 단단히 노망이라도 난 듯했다. 살아생전 고생만 하셨던 엄마 생각에 눈물부터 솟구쳐 올랐다.

가난한 홀어머니 밑에서 아버지는 어려서부터 고생이 많았다. 기댈 언덕바지 하나 없어 자주 설움을 삭이던 아버지에게 엄마는 나무의 뿌리와도 같았다. 풍파에 흔들릴 때마다 중심을 잡아 주고, 따뜻한 위로로 용기를 북돋아 주었다. 언짢게 하는 모습을 본 적이 없을 정도로 지극한 정성 덕분인지 아버지는 비바람 속에서도 튼실한 가지를 뻗어 나갔다. 늘그막에는 동네에서도 제법 무성한 가지를 가진 큰 나무가 되어 있었다.

은행나무는 어느 나무보다 깊게 뿌리를 박는다. 그래

서 잘 쓰러지지 않을 줄 알았다. 하지만 가까운 앞날조차 쉽게 가늠할 수 없는 게 우리네 인생살이 아니던가. 어느 해 불어 닥친 태풍에 은행나무는 반쯤 뿌리가 뽑혀 버리고 말았다. 흙을 돋우고 지지대를 세워 나무는 소생했지만 엄마는 다시 일어서지 못했다. 웬만한 비바람에 끄덕도 없을 것 같던 아버지도 엄마의 죽음 앞에서 생가지를 뚝뚝 부러뜨렸다.

아버지는 나날이 야위어 갔다. 평소 밥상을 차려 주지 않으면 끼니를 드시지 않던 분이었다. 지난 몇 년 동안 쌀을 안치는 일부터 집안일까지 혼자서 도맡아 했으니 그간의 고생은 이루 말할 수 없었으리라. 무엇보다 힘들었던 것은 텅 빈 집에 혼자 계시는 일이었다. 한낮에도 종종 형광등을 밝혀 놓은 채 외출을 하는 아버지께 연유를 물었다. 해 저문 후 집에 돌아왔을 때의 적적함을 달래기 위해서라는 대답에 가슴이 먹먹해졌다.

우람하던 한 쪽 가지를 잃고서 외롭고 쓸쓸하던 아버지의 나무에 유주가 살포시 자리 잡았나보다. 유주는 살갑기 그지없었다. 아버지도 벙글거리며 나긋하게 굴었다. 엄마를 대할 때는 잘 볼 수 없던 모습을 상상할 때마다 겨우 주저앉혔던 마음이 다시 뒤엉클어지곤 했다. 남은 생애만큼은 아버지가 편하게 사셨으면 좋겠다고 생각하면서도 막상 마음 벌리기는 쉽지 않았다. "니가 잘한다고 해도 얼마나 오래 하겠노?" 멀리 떨어져 사는 오빠는 나를 달래었다. 사실이 그랬다. 별 것 아닌 일에도 은근히 신경이 쓰이던 참이라 무어라 대꾸조차 할 수 없었다. 굵은 뿌리는 나무가 쓰러지지 않게 지탱을 해주고, 가는 뿌리는 물과 양분을 빨아들이거나 호흡을 한다. 은행나무는 가는 뿌리가 발달되지 않아 천 년 이상 오래 살다 보면 숨 쉬는 것도 힘에 부치는 일이 많다. 그럴 때 유주는 나무의 든든한 지원군이 틀림없다 싶다.

지상을 쓸듯 바닥으로 주저앉은 가지는 다시 몸을 추켜 들고 하늘을 향해 자라고 있다. 줄기 끝에는 어느 나뭇가지보다 크고 색이 진한 잎이 무성하다. 은행나무가 소생하고 있다는 증거일 것이다. 눈물 한 줄기 흘렸을 뿐 유언을 남기지 못했던 엄마의 임종이 떠오른다. 뇌졸중으로 쓰러진 후유증으로 말 한 마디 못했던 엄마가 마지막 남기고 싶었던 말은 홀로 남겨진 아버지에 대한 걱정이 아니었을까. 어디 잠시 여행을 떠날 때에도 아버지 끼니 차려 드릴 걱정에 내게 수십 통씩 전화를 하던 엄마였다. 그때처럼 내 두 손을 꼭 잡고 엄마는 아버지의 노후를 부탁하고 싶었던 것은 아니었을지….

언젠가 한번만이라도 엄마가 차려준 따뜻한 밥상을 받고 싶다던 아버지의 모습이 떠오른다. 다시는 그럴 수 없을 거라며 돌아서던 아버지의 등은 앙상한 뼈를 드러내고 힘없이 구부러져 있었다. 수 년 동안 엄마의 병상을 하루도 빼놓지 않고 들여다보느라 더욱 굽어진 등이다. 이제라도 아버지의 무거운 등짐을 내려 드리라고 은행나무가 묵묵히 내게 말을 걸어오는 듯하다. 돌아가신 분께도 지극 정성을 드리는데 살아 계신 아버지 마음을 살펴 드리는 것이 무에 어렵냐고 말이다.

이제는 나무가 잎을 떠나보내듯 가슴에 응어리진 섭섭함을 떠나보내야 할 때인가보다. 가을이 물들어 가는 이파리처럼 순해진 계절 속으로 내 마음 한 자락을 덜어낸다. 마음을 비우니 비로소 은행나무가 아름답게 보인다. 유주는 엄마의 자리를 빼앗는 것이 아니라 빈 곳을 대신 채워 주는 것이라는 말에 얼어 있던 마음이 풀린다. 은행나무와 유주는 한 몸인 것처럼 서로를 껴안고 어우렁더우렁 여생을 살아가리라.

어디선가 딱따구리 한 마리가 나무를 쪼아대며 한낮의 정적을 깬다. 오랜 세월 홀로 꿋꿋이 견뎌 온 침엽의 나무, 숱 많은 은행나무 그늘 속으로 내가 걸어 들어간다.

칠면초

순천만의 한적한 갯둑을 따라 걷다가 물감을 뿌려 놓은 듯 붉은 갯벌을 만났다. 낯선 식물이 군락을 이루어 갯벌을 이불처럼 덮고 있었다. 무슨 풀일까? 가까이서 들여다보니 잎뿐만 아니라 잎겨드랑이에 맺은 열매까지 붉게 단풍이 들었다. 포자로 번식하는 해초가 아닌 어엿한 육상 식물이 소금기 버석한 갯벌에서 살아가다니 꽃봉오리처럼 가슴이 오므라드는 듯했다.

일 년에 일곱 번이나 색깔이 변한다 하여 '칠면초' 라

고 이름 붙여진 염생식물이었다. 뻘배를 밀며 꼬막을 캐
던 아낙은 남도 사투리로 '기진개' 라고 불렀다. 육상 식
물이 살 수 없는 척박한 땅에서 꾸역꾸역 살아가는 염생
식물은 많다. 바닷가 모래 위나 염전에서도 꿋꿋이 뿌리
를 내려 터를 잡는다. 하지만 바다 가장 가까이에서 살
고 있어 밀려들어온 바닷물에 오롯이 몸이 잠겨도 살아
남는 식물은 오직 칠면초 뿐이다.

칠면초의 통통한 줄기를 뚝 잘라 씹으면 짜디짠 소금
맛이 난다. 짠물을 빨아들여 몸속에 저장했나보다. 갯벌
에서도 살아갈 방도를 마련하기 위해 몸 속 염분의 농도
를 바닷물과 얼추 비슷하게 만들어 스스로 내성을 키웠
다. 아무리 억척스럽다 해도 바닷물에 주기적으로 몸을
담그는 삶은 고달플 수밖에 없다. 용케 말라죽지 않고
수북이 무리 지어 살아가는 칠면초를 바라보고 있노라
면 큰엄마가 겹쳐 보인다.

큰엄마는 돌덩이보다 단단한 억척이었다. 여섯 식구
의 생계를 책임지느라 허리 한번 펼 날이 없었기 때문이
었다. 작은 어촌 마을의 이장이었던 큰아버지는 내 어렸

을 적에 얼음판에 미끄러진 후유증으로 시름시름 앓다가 병석에서 돌아가셨다. 포기에 주렁주렁 달린 고구마처럼 자식들은 올망졸망하고, 모시고 있던 할머니는 연로하셨다. 마냥 주저앉아 슬퍼할 수만은 없었던 큰엄마는 주저 없이 거친 삶의 바다 속으로 뛰어들었다.

건장한 사내가 살아가기에도 바다의 결은 거칠다. 하물며 여인 혼자서는 오죽했을까. 가끔이라도 지평선을 드러내는 갯벌은 차라리 견디기 쉬운 바다의 마디였다. 밀물과 썰물이 교차하는 조간대에 몸을 담그고 허리까지 발이 빠져도 빠득빠득 살았다. 그렇다고 해도 결코 만만치 않은 것이 어촌에서의 삶이다. 동네 사람들의 도움으로 어물전에 자리를 마련한 일이 그나마 큰엄마의 한시름을 놓게 했다.

생선 비늘처럼 투명한 땀을 흘리던 큰엄마는 갯벌에서의 삶에 완전히 적응한 것처럼 보였다. 하지만 밀려왔다 쓸려 가는 삶의 조류는 하루에 두 번만으로는 부족했다. 이따금씩 큰 태풍이 불어와 스펀지처럼 삶의 완충작용을 하던 갯벌을 초토화시켰다. 그 해는 연이어 몰아닥친 태풍에 장성한 자식 둘을 잃었다. 큰아들이 남겨 놓고 간 핏덩이들을 끌어안고 통곡하던 눈물이 채 마르기도 전에 큰엄마는 막내아들마저 병으로 떠나보내야 했던 것이다.

천형 같은 삶의 질곡이었다. 달이 바닷물을 끌어당기면 한여름 꼬막을 부지런히 실어 나르던 바지선이나 낡은 목선도 바닥에 주저앉는다. 다시 바닷물이 들어올 때까지 옴짝달싹 못한다. 그러면 큰엄마는 아무도 찾아오지 않는 갯바위에 털썩 주저앉아 저무는 해를 하염없이 바라보곤 했다. 해조음이 그르렁거리면 얼큰히 취기가 오른 큰아버지가 싱글거리는 낯빛으로 대문을 들어설 것 같다고도 했다. 망연자실한 모습이 너무도 외롭고 쓸쓸해 보였다.

육상 식물이 바닷가에 살 수 없는 것은 삼투압 현상 때문이다. 자칫 짠 바닷물에 몸속의 수분이 다 빠져나가 말라죽고 만다. 지쳤는지 큰엄마의 몸도 꼬챙이처럼 말라갔다. 하지만 담수에서는 더더욱 살 수 없는 칠면초였다. 다시 한 번 더 꺾어진 무릎에 힘을 주는 동안, 큰엄마의 몸에서는 육질의 통통한 잎이 매달리기 시작했다. 잎이 두꺼워져야 삶의 독소와 짠 소금기를 견딜 수 있기 때문이었다.

몇 번의 봄이 지나간 어느 날, 고향에서 다시 만난 큰엄마는 밀레의 만종처럼 평화로워 보인다. 바다가 내려다보이는 마당에 쪼그려 앉아 바다 식물을 말리고 있는 큰엄마 곁에는 갈래 머리를 한 쌍둥이 조카들이 소꿉을 놀고 있었다. 까르르거리는 조카들을 돌아보는 큰엄마의 얼굴에 바다에 부서지는 햇살처럼 반짝이는 미소가 떠오르곤 했다. 판도라의 상자에 남은 마지막 희망이라는 단어는 조카들이었나보다. 자식들 대신 지켜야 할 손녀들이 있었기에 큰엄마는 다시 갯벌로 나가 설 수 있게 되었다.

문득 파멸 당할 수는 있어도 패배하지 않는다는 헤밍웨이의 말이 떠오른다. 닥친 시련을 피하지 않고 있는 그대로 받아들이며 살아가는 강인한 노인의 초상이 바로 큰엄마가 아닐까 싶었다. 처음에는 초록색이던 칠면초가 짠 물을 빨아들이면 들일수록 붉게 변해 가는 이유를 이제야 알 것 같다. 열매가 익듯 시련 속에서 더욱 완숙해지는 과정이 아니었을까.

삶이라는 갯벌은 고요하기보다 소란스럽다. 울퉁불퉁한 리아스식 해안이 바다의 힘을 빼 버렸지만 그 속에서 수많은 바다 생물을 키워 내고 있기 때문이다. 죽은 듯 보이는 회색 갯벌을 자세히 들여다보면 크고 작은 생물들이 저마다의 삶의 무게를 짊어지고 와글와글 살아가고 있다. 바닥을 온몸으로 밀고 기어간 갯지렁이도 있고 제 몸보다 큰 집게발을 들었다 놨다 하는 농게도 있다. 흙 딱지를 등에 이고 조그만 소리에도 놀라는 칠게들도 바글바글하다. 삶의 방식은 달라도 칠면초도 그들처럼 짠 바닷물에 몸을 담그고 살아가는 바다 생물이었으리라.

칠면초 무성한 갯벌에 서 있으면 어디선가 생의 소리가 들려오는 듯하다. 찻물이 끓듯 뽀글거린다. 생각보다 빠른 속도로 바닷물이 밀려들어오느라 갯벌이 지르는 아우성이다. 붉은 카펫 같은 칠면초는 또다시 짠 내 가득한 바닷물에 몸을 담근다. 묵묵히 생의 시련을 견뎌

낸다. 바닷물에 일렁이는 칠면초가 갯벌의 꽃으로 보였다. 소금기를 견디며 살아가는 인고의 꽃! 그 위로 칼칼한 바다 노을이 내려앉는다. 노을보다 더 붉은 칠면초가 아름답다. 큰엄마가 눈물겹다.

조미정 | 제6회 시흥문학상, 제2회 경북일보문학대전, 제7회 독도문예대전 최우수상, 제11회 해양문학상, 2019년 흑구문학상 수상

제1, 2, 3회 최우수상 수상자 대표작/ 심사평

문경희(2019. 1회) | 씨, 내포하다

황진숙(2020. 2회) | 호위무사

박모니카(2021. 3회) | 그래, 무심코

심사평

씨, 내포하다

문 경 희

haidy92@hanmail.net

씨마늘이 발을 내렸다. 파종 전에 하룻밤 침지를 했더니 밑둥치에 하얀 실밥 같은 뿌리를 내민 것이다. 왕성한 생명의 피돌기를 눈으로 확인하는 기분이었다.

뿌리가 정靜이라면 발은 동動이다. 끝내 한 자리만 파고 드는 것이 뿌리의 속성이라면, 끊임없이 앉은자리를 박차게 만드는 도구가 발인 까닭이다. 부지런히 걷고 뛰어야만 겨울이라는 냉혹한 계절의 마수를 벗어날 수 있다는 다그침 같은 것일까. 사람들은 마늘에 뿌리가 아닌

발을 달아주기로 했는가 보다. 나도 그들을 흉내 내며 마늘이 내민 뿌리를 발이라 읽는 중이다.

늦은 오후의 햇살을 등지고 발이 난 마늘을 꾹꾹 눌러 심는다. 얼었다 녹았다, 비록 월동의 가풀막이 험난하다 하여도 발의 투지가 저리 다부지니 옹골찬 봄을 의심할 수는 없겠다. 마늘을 심으면 마늘이 나온다는 당연하고 도 싱거운 이치에 들떠 엉성한 초보 솜씨로나마 번잡을 떨어본다.

시골에 터를 잡은 후 씨에 집착하는 버릇이 생겼다. 백지를 앞두면 야릇한 의무감부터 발동을 하는 글쟁이 로서의 본능 때문인지 모르겠다. 듬성듬성 비어 있는 화 단을 보면 알 수 없는 부채감이 자꾸만 나를 다그쳤다. 꽃씨를 모으기 시작한 것도 그 때문이었다.

이름은 물론, 어디에 어떤 모양으로 씨가 맺히는지조 차 모르는 것이 태반이었다. 그런 처지에도 길을 걷거나 남의 집 담벼락을 기웃거리며 욕심껏 꽃 진 자리를 훑었 다. 뿐인가. 농군들의 SNS에 씨앗 나눔글이 올라오면 체면불고 염치불고 '저요!'를 외치기까지 했다. 그렇게 구걸한 씨 덕분에 올봄 우리 집 화단이 제법 봄다웠다.

흙이라는 모태에 수십 가지 꽃의 자식들을 묻었다. 해 토머리를 지나자 그들은 연둣빛 기적으로 생존신고부터 했다. 정성의 밑거름을 두둑하게 깔아놓고서도 기다림이라는 인고의 추비를 아끼지 않았다. 화려한 만개에만 환호하던 나로서는 줄기와 잎을 거쳐 꽃에 다다르는 느리지만 꿋꿋한 씨의 보법에 조갈이 나기도 했다. 그런들 우물에서 숭늉 찾는 우愚를 범하랴. 저만치 앞서는 마음을 불러들이며 줄탁동시의 주문을 고명처럼 얹었다. 몇 번의 기대와 몇 번의 허탕 끝에 만났던 첫 꽃의 환희라니. 씨, 그 고요한 반전은 번데기를 탈피한 한 마리 날것의 비상처럼 경이로웠다.

'여기가 머리구요, 여긴 심장. 심장 뛰는 소리 들리시죠? 손가락, 발가락도 모두 정상이고, 건강하네요.'

까마득한 초음파실의 추억이 되살아났다. 내 안에 착상한 작고 까만 점에서 심장이 쿵쾅거리는가 싶더니, 손발이 나오고 눈코입이 선명해지는, 마술 같은 일이 벌어지는 것이었다. 더러는 웃기고 더러는 울려가며 좌충우

돌의 사춘기를 보내고, 이제는 나보다 훌쩍 덩치가 커버린 아이들 역시 0.05mm, 티끌만 한 씨에서 발원되었다는 말이다. 그렇다 한다면, 뿔처럼 솟구쳐 원성을 샀던 아들 녀석의 송곳니도, 딸아이의 손톱 속 하얀 초승달도, 두 녀석 공히 말수가 적은 성향까지도 씨 속에 예정되어 있었다는 것이 아닌가.

백일홍이 피고, 분꽃과 채송화와 달맞이와 맨드라미와…, 각양각색의 꽃들이 돌림노래처럼 화단으로 번져갔다. 어렵사리 발아한 시계초 씨는 시계를 똑 닮은 연보라색 꽃을 내다 걸었고, 해바라기는 세숫대야만 한 얼굴로 담장 밖을 노랗게 기웃거렸다. 호기심으로 묻어두었던 박 씨에서는 조롱박, 자루박, 청자박이 꽃만큼이나 환하게 허공을 밝혔다.

붉고 푸른 색감의 꽃과 형언 못할 향기까지, 씨는 자기만의 순서로 가진 것들을 끄집어냈다. 붕어빵 속에는 붕어가 없다지만, 씨는 이미 자신이 만들어낼 완성체까지 잉태하고 있었던 것이 분명해 보였다. 그 미미하고 보잘 것 없는 알갱이들의 분투 덕분에 무덤덤하던 일상에 연일 총천연색의 감탄사가 만발했다. 내가 발견한 씨의 내포는 역동성 그 자체였다.

무엇보다도 나를 경탄케 한 것은 다시 내 손으로 돌아온 씨였다. 씨의 시간을 동행하며 더하고 빼고 곱하고 나누었어도 결국 처음이 되는 요상한 사칙연산이 그들만의 세계에 있었다. 장난감 요요처럼, 제 세상을 양껏 구가하고 출발점으로 회귀하는 씨. 그것이야말로 물화된 미래지향이요, 종種을 완성하는 한 권의 모노그래프 monograph라 해도 과언이 아니었다. 내가 그토록 씨에 연연했던 것은 새로운 출발 선상에서 희망을 캐는 작업이었노라고 은근슬쩍 미화를 해본다.

어느새 등줄기가 서늘하다. 겨우 마지막 마늘을 꽂은 참인데 내 그림자가 저만치 멀어져 있다. 종자로서의 한 톨 마늘 속에는 자신이 뜨겁게 극복해나갈 겨울의 시나리오가 마련되어 있으리라. 하여, 서리가 내리고 한파가 몰아쳐도 꽁꽁 언 동토를 헤집으며 튼실한 뿌리의 왕국이 건설될 것이다. 초 긍정의 주문으로 툴툴 하루를 털고 일어선다.

먼 산자락에서 태양의 뿌리가 들썩인다. 태양이 숭덩 뽑혀나간 세상에는 절망 같은 암흑천지가 할거를 할 것이다. 비록 쫓기듯 귀가를 서두르지만, 주눅 들지는 않는다. 밤이 파종해 둔 어둠의 씨가 무엇을 품고 있을지, 웬만큼은 어림치기 때문이다.

문경희 | 제12회 동양일보신인문학상
우하문학상, 천강문학상 우수상, 순수필문학상 수상
수필집 | 《물의 기억》 외 2권

호위무사

황 진 숙

adoongaa@daum.net

낮달이 이울자 그림자가 물러갔다. 호위하던 무사들이 하나둘 처소에 든다. 내걸린 문패도 알전구도 없는 칸막이 거처에 발걸음을 부린다. 길 위를 점령한 된바람이 따라 들어와 무사들을 사열한다.

양털에 뒤덮인 어그 부츠가 회상에 젖어 있다. 폭설이 내린 지난겨울, 눈 속을 뒹굴며 만끽했던 환희의 순간을 되새김질 중이다. 동면에 들었던 샌들이 슬며시 눈을 뜬다. 서늘한 기운이 달려들자 소스라치게 놀란다. 아직은 나설 때가 아니라는 듯 몸을 웅크린다.

하루를 견뎌온 흔적들은 어둠을 타고 밀려온다. 접힌 시간으로 뒤축이 무너진 운동화는 뻣뻣한 힘을 놓아버린 지 오래다. 끈까지 풀어 헤친 채 맥을 못 춘다. 쉰내 나도록 길을 누빈 구두는 연신 잠꼬대다. 돌부리에 걷어차인 비애로 꿈속을 헤매나 보다. 발가락의 자유를 부르짖던 슬리퍼는 정작 여기저기 끌려다니느라 지친 기색이 역력하다. 거처에 들지도 못하고 현관에서 한뎃잠을 잔다.

어차피 생은 불안정한 거라고 하이힐이 가늘고 긴 실루엣을 도도하게 드러낸다. 발가락이면 어떻고 발꿈치면 어떠냐며 내딛기만 하면 그만이란다. 숯 무더기에 묵은내를 내주던 등산화가 조무래기들의 몸짓을 굽어본다. 주어진 노역을 다 한 그는, 이곳에서 터줏대감이다. 작정하고 가풀막과 너덜겅을 오르내렸기에 누구보다 세상 물정에 밝다. 유행에 뒤처지면 구석으로 밀려나는 것은 한순간이다. 멀쩡한 육신으로 방치되느니 닳고 닳은 밑창으로 숫제 바닥을 쓸고 가더라도 신발로 남고 싶다.

등 떠밀리고 싶지 않아 마음 졸이지만 뭇 사람들의 인심은 야박하기 그지없다. 쓰레기통에 폐기처분 되거나 운이 좋으면 헌 옷 수거함에 사장되어 재탄생될 날을 기다린다.

바닥에 붙어산다고 남루를 모를까. 지난날, 불분명한 행로로 진흙탕에 빠져 허우적거리고 허랑방탕 갈지자로 헤매기도 했다. 폭염 속 아스팔트 열기에 정신을 잃을 뻔한 적도 여러 번이었다. 칠흑 같은 어둠을 이불 삼아 두멧길을 건너는 날에는 쏟아지는 졸음을 이기지 못해 뒹굴기 일쑤였다. 수없이 꺾여야만 나갈 수 있는 시시포스의 형벌 앞에 방패막이가 되어 앞코가 찌그러지는 일쯤은 축에도 끼지 못한다. 밑창에 돌이 끼이고 침이 박히는 상처쯤은 애써 모른 척 덮어두어야 했다.

상표를 떼지 않은 말끔한 새 신발은 알지 못한다. 끌고 온 무게에 겨워 긴장감을 놓아버리면 뒤집혀 널브러지거나 짓밟힌다는 것을, 제 살 닳는 것이 아까워 엎어져 시위해 본들 내일이면 툭툭 치는 발길질에 다시금 길을 나서야 하는 것을.

내게도 반평생을 동행한 무사가 있다. 세상의 벼랑에 선 스무 살 언저리에 그를 만났다. 가족이라곤 삽화한 장이 전부였고 해진 종잇장에 의지하기엔 현실은 암담했다. 사고의 가해자가 되어 피해자가 요구하는 금액을 내줘야 하는 상황이었다. 자전거를 타고 뛰어든 상대방보다 배달을 위해 운전 중이던 내가 과실이 크다고 했다. 경찰서의 의자마저 죄인 심문하듯 딱딱하게 굴었다. 경황이 없어 벗겨진 신발을 찾지 못한 내 발을 떨떠름하게 쳐다만 봤다. 컴퓨터의 자판은 볼 것도 없다며 화면 가득 죄목을 채워 나갔다.

숨이 막혔다. 생의 바닥들이 모여드는 나락으로 떨어졌다는 생각에 두려움이 밀려들었다. 보호자를 부르라고 했지만, 술로 하루를 사는 아버지에게 연락할 수 없었다. 얼마나 시간이 흘렀을까. 붉어진 눈시울에 그의 모습이 들어왔다. 작은 소읍이다 보니 사고 현장에서 나를 알아본 누군가가 연락했나 보다. 그는 맨발로 떨고 있는 나에게 자신의 운동화를 벗어서 신겨줬다. 종일 그의 체온으로 데워졌을, 쿰쿰한 냄새와 습기로 가득 찬,

그의 운동화가 왜 이리 안온하게 느껴지던지.

지켜주겠다는 그 말 한마디에 따라나섰다. 자갈밭에 굴러도 끄떡없을 단단한 심지에 믿음이 갔다. 헐벗고 옴지락거리는 발을 폭신하게 감싸줄 것 같았다.

그러구러 그와 함께 지나온 세월, 고된 날이 많았다. 철철이 갈아 신을 신발이 많지 않았기에 그의 운동화는 늘 최전방에 섰다. 맏이로서 부모를 대신해 동생들을 끌고 가느라 비틀거리는 날이 많았다. 더해진 지아비의 무게를 얹고 생의 능선에서 사투를 벌였다. 보증의 덫에 걸려 나뒹굴기도 하고 신용불량이라는 복병을 만나 진창에서 철벅거리기도 했다. 물웅덩이를 피해 간다는 것이 헛디뎌서 아킬레스건이 파열된 날은 병원에 몸을 부리며 고통의 시간을 보냈다. 그럴 땐 그의 운동화도 실의에 젖어 되똥해 보였다.

힘줄이 한번 끊어진 발은 온전히 힘을 싣지 못한다. 통증으로 절뚝거리는 발에 호흡을 맞추느라 무게 중심이 쏠린 신발은 쉬이 낡고 해졌다. 작은 돌멩이에도 뒤축이 흔들렸던 그는, 스스로를 내팽개치고 싶은 날도 있었을 것이다. 배 까뒤집고 해볼 테면 해보라며 세상에 항거하고 싶었을 터이다.

허나 그는 무사다. 하루를 벗어놓는 시간에 한숨처럼 붉어지는 속내마저 침묵으로 재운다. 식솔들을 지켜내야 할 소임으로 무너지고 주저앉은 시간을 추스른다. 날이 밝으면 남편은 누구보다 먼저 일어난다. 매복한 적을 대적하기 위해서는 시야를 확보하는 일이 우선이었다. 신발 밑바닥에 찰거머리같이 붙어서 거세게 저항하는 껌딱지를 단칼에 제거한다. 밑창 틈새로 숨어든 돌멩이를 끄집어내고 허를 찌르겠다며 냅다 박힌 압정도 뽑아낸다. 여기저기 흙 부스러기를 흘리고 다니는 진흙 잔당을 제압한 후, 제집인 양 묻어 든 얼룩을 지워낸다. 무기를 버리듯 운동화 끈을 조이고 결의를 다진다. 가장이라는 이름을 방패 삼아 황막한 세상을 내달린다.

오늘도 종일 따라다니며 호위했을 무사들을 본다. 원 없이 뛰고 싶은 러닝화, 더 높이 치솟으려는 킬 힐, 광을 앞세우는 구두 등 그네들의 호들갑을 뒤로 하고 고단한 삶을 꿰고 있는 그의 운동화를 들여다본다. 살아온 동선이 퇴적되어 살아낸 흔적으로 초라해질지언정 결코 멈추지 않을 발걸음이 듬직하다. 어제도 오늘도 내일도 써 내려갈 생애에 영원히 동행할 무사가 있어 외롭지 않다. 가만히 내 발을 그의 신발 속으로 밀어 넣는다.

황진숙 | 2016년 《수필과 비평》 등단
2019~2022년 더 수필, 빛나는 수필가 60 선정, 2019년 백교문학상 우수상 수상, 2020년 베스트에세이10 작품상 수상, 2020년 근로자문학제 은상 수상, 2021년 중봉조헌문학상 수상

그래, 무심코

박모니카

mdnika0227@hanmail.net

참 신기하기도 하지. 저토록 단단한 목질을 뚫고 만지면 부러질 듯 연약한 싹이 나오다니 믿을 수가 없네.

호두에서 싹이 나오는 모양을 처음 본 순간 내 눈을 의심했다. 우연히 호두 한 알이 개수대에 떨어져 물을 흠씬 물고 있는 동그마니를 보게 되었다. 버리기는 아깝고 해서 물이 약간 담겨 있는 그릇에다 무심코 옮겨 놓았던 기억까지는 나는데 그다음부터는 잊고 있었다. 그런데 며칠 후 오호, 이럴 수가!

호두의 싹이 철판보다 더 두꺼워 보이는 껍질을 꿰뚫고 나와 있었다. 껍질 절반의 중심, 그 사이를 비집고 연두색의 발아를 시작한 것이다. 발아의 촉이 하늘을 향해 무언가를 속삭이는 듯이 보였다. 아니 손짓이었을까. 통째인 하나의 호두가 아니라, 보이지 않았던 절반이 모세의 바다가 갈라지듯이 그렇게 서서히 나눠지고 있었던 것. 호두의 절반을 중심으로 볼 수 없었던 이음점이 있었다는 사실을 처음 안 순간이었다.

미술 전시회에 간 적이 있었다. 인상적이었던 것은 동영상 처리된 그림의 화면이었다. 작가의 의도대로 한 컷씩 천천히 지나가고 있었다. 전체적으로 숲과 나무와 강이 흐르는 풍경이 주류를 이루었다. 강호연파江湖煙波라 할까. 강이나 호수 위에 안개처럼 아스라하게 이는 잔물결로 아름다운 자연의 풍경이 아주 편안하고 따스해 보였다. 그런 느낌의 화면과 화면 사이 아주 짧고 빠르게 빛의 속도로 스쳐 지나간 강렬한 그림 하나는, 기억하건대 인간의 얼굴을 절반으로 나눠 한 쪽은 흰색으로 다른 쪽은 검은색으로 칠해져 있는 화면이었다. 본 것이 맞나? 라고 생각하기도 전에 지나가버린 그림에는 흰색의 반쪽 얼굴이 눈을 감고 있었던 것 같고 검은색의 반쪽 얼굴에는 눈을 크게 뜨고 있는 것처럼 보였다. 내가 보았던 것이 맞는 것인지 내가 착각을 하고 있는지를 확인하기 위해서 그 자리를 한동안 뜰 수가 없었다. 마치 전광석화처럼 지나갔던 것인데 그 화면이 내 머리에 꽂힌 것이었다. 흰색 얼굴의 입술은 웃고 있었던 같고 검은색 얼굴은 울고 있는 표정이었던 같았다. 극히 평화스러운 숲과 강의 아름다운 풍경 사이 절반씩의 사람 얼굴을 삽입한 의도가 알고 싶었다. 집으로 돌아오는 내내 그 화면이 나를 잡고 놓아주지를 않았다.

나중에 안 일이지만 그것은 심리학 용어로 서브리미널 효과Subliminal Effect였다. 상대가 쉽게 인지하기 힘든 무의식적인 자극을 통해 인간의 잠재의식에 영향을 미치는 심리를 이용한 것이었다. 눈치채지 못하게 자극을 주어 그 자극이 무심코 마음을 지배해버리는 현상을 유도한다고 할까. 실제로 광고 전략에도 이용되고 있다는데 영화필름 중간마다 육안으로 식별하기는 힘든 메시지를 집어넣어 그 제품의 호감도를 높이는 전략으로 매출을 올리는 역할을 톡톡히 한다고 했다.

서브리미널 효과Subliminal Effect는 제임스 비커리의 실험에 의해서 정설로 인정받기도 했지만 반론 제기(요한 카르만스의 주장)도 만만치 않다. 그렇다고 해도 잠재의식은 선택권이 없다는 심리를 이용한 가설이 실생활에 활용되어 의도意圖된 의식의 명령을 따를 수밖에 없다는 것을 증명한 실례가 많다. 잠재의식 광고가 논란의 대상이 되어 어떤 평가를 받든 현세의 우리는 그 의식들이 마케팅의 공략 대상이 되는 세상에 살고 있다는 것은 분명한 사실인 것 같다.

그 화랑에서 보았던 절반의 얼굴이 내 무의식 세계 속에서 의식으로 떠올려지게 된 이유는 호두의 발아에 있었다. 호두의 내면이 표면 위로 떠올려진 것을 눈으로 보았다는 사실, 호두가 절반으로 갈라진 점이 절반의 얼굴과 묘하게 일치를 이루었다. 천천히 지나가던 자연 풍광과 달리 빠르게 스쳐 지나간 절반의 얼굴이 내 의식으로 돌출한 사실과 왠지 밀접한 관계가 있음을 발견했다. 그 화랑에서 나타난 얼굴이 1,000분의 1초의 짧은 시간 내에 사진이나 필름 등의 빠른 장면을 몇 가지 연속해서 삽입하는 메타 콘트라스트 기법이었음을 알게 된 것도 작은 수확이었다. 나를 사유하게 만들었다. 작가가 이 기법을 활용한 데는 분명 의도가 있을 터였다. 아마 자연이 주는 평화와 인간의 갈등을 교묘하게 대치시키려 한 것은 아닌지. 자연과 함께 느리게 걸어가는 세상을 꿈꾸면서도 인간 안의 빠르게 전개되는 내적 갈등의 문제를 제기한 것은 아닌지. 혹여 검은색의 얼굴에서 눈을 크게 뜨고 바라보고 있는 것은 검은 마음으로 바깥 세상을 향해 있는 시선이고, 흰색의 얼굴에서 눈을 감고 있었던 까닭은 때묻지 않은 하얀 마음으로 내면을 바라보기 위한 것은 아니었는지 하는 생각에 나를 몰입하게 했다.

하기는 인간의 가슴 안에는 상반된 마음들이 얼크러

져 있음을 확인 할 때가 허다하다. 나에게 친근하게 다가오면 무슨 꿍꿍이속이 있지 않을까 하는 마음 한 줄기 번뜩이다가 아니지, 참 좋은 마음을 왜곡하지 말자로 전환하는 마음 한 줄기가 늘 공존했다. 그런 마음조차 잠재의식을 활용한 학습효과였던 점을 의심해 보는 시간이기도 했다. 어느 날 지하철에서 잠깐 보았던 어떤 사람의 곱지 않은 눈짓이 내가 또 다른 사람에게 보내는 눈짓으로 변환되어 보내고 있음을 의식하지 못하다가 문득 내가 왜 그러지? 라고 의문 부호를 찍기도 했었다. 어쩌면 보이지 않는 명령어인 서브리미널 효과Subliminal Effect일 수도 있었다는 생각을 하게 되는 요즘이다.

무심코 나는 검은 색 얼굴로 눈을 뜨고 검은 마음이 옳다고 잠재의식에 세뇌 당했던 것은 아닌지 염려도 된다.

고도화된 디지털 기술로 인해 미디어의 부드럽고 짧은 멘트 속에 내가 삽입되어 살고 있는 것은 아닌지 나에 대해 생각해 보는 시간이 된 호두의 발아는 '나'라는 존재와, 의식과 무의식의 흐름까지 점검하게 되었다. 호두는 그저 건강을 챙기는 견과류일 뿐이라고만 인식하고 있었는데 그 안에서 생명이 꿈틀대고 있었다는 사실에 잠자고 있던 의식이 확! 깨는 느낌을 받았다. 자기 스스로 그렇게 딱딱한 겉을 뚫고 절반의 몸통을 가를 수 있다는 것도 놀랍거니와 그 속에 배아胚芽가 있고 촉을 내 발아發芽에 이른다는 사실이 경이로웠다.

호두는 인간에 의해 의식 없이 내던져졌어도 자신 안에서 자신만의 자아를 탄생시켰다. 절반의 이음줄을 가르고 정확하게 그 기준을 세워 자신의 촉을 발아시켰다. 절반의 어느 쪽에도 치우치지 않은 자신만의 기준점이었다. 누군가의 의도된 잠재의식에 이용당하지 않으면서 오히려 자신의 생명을 끌어 올리는 저 단단한 힘을 보라. 어찌 매료되지 않을 수 있을까.

장석주 시인의 '대추 한 알'을 보면 '저게 저절로 붉어질 리는 없다 저 안에 태풍 몇 개 저 안에 천둥 몇 개 저 안에 벼락 몇 개 저 안에 번개 몇 개가 들어 있어서 붉게 익히는 것일 게다 저게 혼자서 둥글어질 리는 없다 저 안에 무서리 내리는 몇 밤 저 안에 땡볕 두어 달 저 안에

초승달 몇 날이 들어서서 둥글게 만드는 것일 게다 대추
야 너는 세상과 통하였구나(시 전문)'

대추가 혼자서 둥글어질 리가 없고 세상과 통하여서
대추가 탄생되었음에 시인은 경탄했다. 그 반면 호두는
그렇지 않았다. 정반대였다. 호두는 세상과 통해서 탄생
된 것이 아니라 제 내면을 키워 제힘으로 저 탄탄한 목
질을 뚫고 세상에 손을 내밀었다. 그 점이 나를 사로잡
았다. 호두의 내면의 힘이 얼마나 강하고 단단한가 말이
다. 호두가 정월 대보름날 귀신을 쫓는 부럼으로 쓰이는
이유를 알 것만 같았다.

호두 한 알이 세상의 것들에 의존하지 않고 자신 내
면 깊숙이 잠재된 능력만으로 세상 밖으로 자기 자신의
자아를 밀어내, 그 싱싱한 생명력을 보여 주었다는 점
이 나를 깨웠다. 무의식 속에 깃든 나의 노예의식을 세
차게 잡아 흔들었다. 나도 모르는 사이 무심코 행해졌
던 나의 행위들을 피드백해 볼 시간을 갖게 되었다. 호
두 한 알이 나를 불러 세워 호되게 두드릴수록 내가 점

점 밝고 환해지는 느낌, 생각 세포 하나하나가 세척되어 가고 있었다. 그래, 무심코 세상의 의도한 바에 나를 내던지지 말자.

게리 스펜스의 명언이 떠오른다. '자유롭게 피어나기. 이것이 내가 내린 성공의 정의다.(To freely bloom – that is my definition of success.)'

호두는 어느 무엇에도 지배당하지 않고 오직 자신의 자유의지에 의해서만 피어 오른 것이다. 그래, 무심코 태어난 것이 아니었다.

박모니카 | 신라문학대상 수상. 경남일보 신춘문예 수필부문 수상. 매일신문 수기부문 수상. 모범교사상 수상. 보훈처 추모헌시 우수상 수상. 《좋은수필》 베스트에세이10 최우수상 수상

2022년 제4회
베스트에세이 10 심사 경위와 결과

코로나 사태가 해를 넘기는 가혹한 시절이 이어지고 있다. 언제 끝날지 모르는 이 암울함을 견디며 '명작은 역경 때 탄생한다.'는 말을 위로로 삼는다. 아울러 올해로 4회째에 이르는 《좋은수필》 베스트에세이 10 선정의 계절이 돌아왔으니, 심사위원들은 좋은 작품을 선정할 사명감과 기대감으로 기꺼이 숙독의 시간을 보내었다.

2021년 한 해 동안 월간 《좋은수필》에 발표된 신작 수필 257편 중 예심자 3인의 개별 심사를 거쳐 본선에 오른 작품은 모두 36편이었다. 이에 본심위원 6명은 심사표에 따라 각자 36편에 대한 점수를 세부적으로 나누어 매겼으며, 편집부에서는 전체 심사 결과를 취합하여 최종 집계하였다. 그 결과, 최다 득점을 기준으로 10편이 선정되었으나 1, 2위와 3, 4위가 동점이 탄생하는 흥

미로운 일이 발생하였다.

이번 심사과정에서는 주제의 선명성과 내용의 참신성, 구성의 적절성과 문장의 적합성, 그리고 공감의 보편성에 토대를 두고 숙고에 숙고를 거듭하여 합리적이고 공정한 심사를 하였다. 무엇보다 《좋은수필》심사자라면 "공정한"이라는 언술 앞에 당당할 것이다. 그동안 문단에서 관행되어 오던 출판사의 입김이나 편집부의 청탁, 혹은 윗선의 개입은 베스트에세이 10의 선정에서는 전혀 이루어질 수 없는 심사 구조임을 전회에서도 거듭 강조하여 왔다. 편집부에서는 오로지 심사위원의 안목을 믿는 그 뚝심 하나로 수필의 자존심을 세우고자 했음을 밝혀둔다.

오늘날 수필의 르네상스 시대를 맞이하여 일각에서는 양적 풍요에 비해 질적 깊이를 담보하지 못한다는 질책도 있지만, 예선 통과 작품들을 필독하면서 그러한 우려를 일축해버릴 만큼 작가만의 고유한 세계를 확장해 나가는 우수한 작품들이 많았음을 실토한다. 소재의 접근 방식도 다양하였으며, 자아의 각성과 성찰을 짜임새 있게 풀어낸 수작들로 대부분 일정 수준의 문장력과 주제성을 지니고 있었다. 하여, 심사위원들의 후일담을 빌리자면, 시선의 각도에 따라 달라지는 점수의 순위로 선정에 고심이 컸음을 토로했다.

심사 당일 집계표 순위를 살펴보면서 심사자의 문학적 경향성을 확인할 수 있었다. 성향에 따라 선명한 평가 결과의 차이가 난 작품도 있었지만, 세분화된 다른 시각으로 작품을 들여다봄으로써 오히려 공정한 선정이 되었다고 생각한다. 아울러 1, 2위인 〈낙타가시나무〉와 〈검정, 색을 풀다〉와 3, 4위인 〈아내의 그림〉과 〈44대 손, 자, 이한얼〉이 동점으로써 합산 점수는 1점 차이로 우열을 가리기 힘들 만큼 백중세를 이루었다. 이중 단 한 편의 최우수 작품을 선정해야 한다는 점은 심사위원들을 가장 곤혹스럽게 만들었다. 그러나 면밀한 재정독과 최종토의를 거쳐 서로 의견을 교환했고 기꺼운 합의를 도출하게 되어 최종적으로 〈낙타가시나무〉를 최우수 작품상으로 선하게 되었다.

이에 논의 과정에서 거론된 심사 기준을 좀 더 세부적

으로 설명하자면 다음과 같다. 탄탄한 주제를 포착하고 유기적인 문맥을 놓치지 않고 있는가, 집중력 있는 구성과 소재에 대한 심층적인 해석이 덧붙여졌는가, 탈 일상적인 체험으로 인하여 내가 어떻게 달라졌는지를 구현해 내었는가, 익숙함과 낯섦이 적절히 조화되었는가, 사소한 소재일지라도 삶을 천착하는 의미가 깔려졌는가, 얼마나 새로운 시각으로 대상을 관조했는가, 서사를 구조화하고 미적 문장으로 엮어내었는가, 현실을 꿰뚫어 보는 깊은 안목과 신선한 감각으로 글맛을 살려내었는가, 문장에 군더더기가 적고 구성의 유기성이 안정되었는가, 삶과 자연을 재해석함으로써 인간의 실존적 삶을 투시해 내었는가, 사색의 깊이와 논리의 설득력에 초점을 맞췄는가, 직설적인 언술 위에 숙성한 문장과 인생론적 해석을 입혔는가 등을 살폈다.(더 구체적인 심사기준은 1, 2회 《베스트에세이 10 수상작가 작품집》에 게재된 정태헌 위원의 '심사평'을 일독할 것을 권한다.)

그중 무엇보다 참신한 발상과 진취적인 내용에 보다 높은 점수를 주었다. 혹여 전체적인 완성도는 조금 떨어지더라도, 신선한 어법 구사로 역동적인 개성을 지닌 흡인력 있는 작품들은 한국수필의 지평을 넓힐 수 있으리라 확신하기 때문이다. 상대적으로 관행되던 가족 신변사에 갇혀버린 내용이나 기존 관습을 탈피하지 못한 진부한 표현, 문학적 형상화라는 틀에 맞추고자 무리한 비유로 장식한 글, 추상적이고 관념적인 언어로 문장을 덧칠하거나 화려한 수식어가 중첩된 작품은 점수가 낮았다. 그리하여 올해 10선에 든 작가들의 두드러진 특징이라면 등단 5년 미만의 신인이 5명이나 선정되었다는 점이다. 상당히 고무적인 일이라 할 수 있다.

흔히 작가의 책무란 좋은 작품을 쓰는 것이라고 한다. 월간 《좋은수필》 역시 '좋은 수필'을 쓰는 작가에게 청탁하여 '좋은 수필'만 게재하려 고심했을 것이다. 그것이 잡지의 지향점이기도 하다. 그런데 또다시 베스트 10 선정을 앞두고 '더 좋은 수필'을 골라야 하는 딜레마에 빠졌다. 이 단순하고도 어려운 질문 앞에 심사의 짐을 맡은 위원들은 올해도 저마다 깊은 고민을 하였으며, 오랜 시간 최선을 다하였음을 고백한다.

아울러 〈동백꽃, 그대〉, 〈등꽃 포스트잇〉, 〈빨래집게〉, 〈낙원을 상실한 거리 樂園喪街〉, 〈버스를 놓쳤어요〉, 〈익은 꽃〉 등이 근소한 차이로 선정되지 못해 눈에 많이 밟혔다. 모든 심사가 그렇듯이 모두를 만족시키는 결과를 만들어낼 수는 없다. 작가들의 성실한 분투에 박수를 보내며, "누구나 다 쓸모 있는 것의 쓰임새를 알고 있지만, 쓸모없는 것의 쓰임새를 아는 사람은 적다."라는 장자의 말을 염두에 두면서 상위 작품의 간략한 평을 남긴다.

〈낙타가시나무〉

수필이 단순히 체험을 복사한 서사가 아니라, 삶을 가장 진실하게 반영하는 거울임을 알려준 글이다. 고난이 닥친 화자의 실존적 상황을 낙타의 삶에 대입시켜 결코 쓰러지지 않는 결기를 보여주려 하였다. 사막 한복판에 뿌리내리고자 사명을 다하는 낙타가시나무의 생애를 삶의 동력으로 삼은 점도 명징하고 힘이 있다. 특히 현실의 공간을 '사막 한복판'으로, 직장인을 '사막여우'로, 아들을 '새끼 낙타'로, 금전을 '뿔'로, 책무를 '사구'로 병치시켜 인식과 통찰을 끝까지 밀고 나갔다. 그러기에 결미에서 제시한 "오늘도 낙타는 제 몫의 하룻길을 묵묵히 걸어갈 것"이라는 언술 앞에서 삶의 엄숙함을 느끼게 되는 것이다. 이러한 점이 강점으로 인정받아 올해의 '베스트에세이 작품상'으로 최종 선정하는데 큰 이견이 없음을 밝히며, 앞으로도 좋은 글로 수필 발전에 공헌하기를 바라는 마음이다.

〈검정, 색을 풀다〉

흔한 '검정'이라는 색을 소재로 어머니의 삶을 해독해낸 울림이 깊은 작품이다. 검정의 이미지는 장중하며 고귀한 기품이 있고 엄격하며 숭고한 존엄을 가진다. 화자는 그러한 색의 특성을 되살려 생멸의 순환성을 지각해내었다. '먹 염색, 묵향, 검정으로 물든 튜브, 연탄, 절옷, 돌덩이, 검은 사인펜' 등으로 인식되는 검정의 화소를 단락마다 유기적으로 풀어 형식과 내용을 통섭하고 융합한 점이 돋보였다. 나아가 검정에 대한 부정의 이미지를 뒤엎고, 단색이라 여겼던 외형 속에 모든 색이 들어 있음을 인지하며 "검정의 역설은 흰색"으로 "극과 극이 서로 동색"이라는 성찰을 이루어내었다. 그동안 삶을 측량하는 수필 제재로서 많은 작가가 사물과의 밀접한 연결고리를 맺은 것에 반해 검정이라는 색으로써 직조한 점도 신선하게 전달되었다. 계속하여 밀도 있는 구성으로 삶의 가치를 일깨워주는 수필쓰기로 수필문학의 자존심을 세워주길 희원한다.(김정화)

심사위원회 (권현옥 김동식 서숙 정태헌 조헌)

2022
베스트에세이 10 수상작가 작품집

인 쇄 일 2022년 1월 6일
발 행 일 2022년 1월 10일

회   장 서정환
발 행 인 서영훈
주   간 강호형
편 집 장 노혜숙

발 행 처 좋은수필사 · 수필과비평사
03132 서울시 종로구 삼일대로 32길 36(익선동 30-6)
운현신화타워 305호. 전화 02-3675-5635
E-mail : bestessay@hanmail.net
인쇄·제본 신아(munye888@naver.com)
출판등록 제300-2013-133호

값 13,000원

ISBN   979-11-5933-387-3   03810

Printed in KOREA